U0060383

羊蹄爾森的奇幻小鎮

唯然
WEI RAN

序

《羊蹄爾森的奇幻小鎮》是我在類型創作中，嘗試創新的實驗體裁，希望能替大眾創造出獨樹一格的故事經驗。

所有稀奇古怪的人物們只是奇幻世界的一員，故事內容流淌奇幻氛圍、古怪情節，及至人物的內心活動，這一切的一切全是故事的枝椏，不是主幹。而且故事不隨著人物遊走，而是隨著時間流動，沒有特定或封閉的結構，情節與情節之間互相蔓延，偶然突發形成一種因果關係。再者，有的故事只是發生，並沒有繼續往下發展；有的則在故事的後來，產生了特定的關係。

如此形式並非散漫，而是回歸故事本質，讓故事只是故事，人們足以徜徉在故事海裡，將身心交付說書人，任其視角放置在獨特的人物上琢磨、打量，並將之灌以豐滿的想像力。畢竟故事能提供給讀者的不是答案，而是更豐富的想像空間。另外，本故事不流於庸俗，擁有發展成華語奇幻電視劇的潛力，期待在未來的時空中，故事自己能找到適合她的孩子，並在合適的地方，努力地往上伸展，長成一棵厚實的大樹。

目錄

第一部
奇幻世界的必要條件

美麗的序

沿著高速公路南下，約兩百公里處駛出交流道，經過兩個紅綠燈、一家舊衣店及破鞋廠後，你會開始進入一條金色廊道。這條廊道清靜悠閒，周遭灑滿了金色的風鈴花，其香氣清淡芬芳，十分高雅。若是你有多餘的時間，在此揮霍大把時光，其實也不為過，畢竟在這種新時代，生活實在難看得令人作嘔。享受完金色的柔軟時光後，你就正式進入奇幻小鎮了。

小鎮從很久以前被稱為「金碧輝煌鎮」。這麼一說，你會以為小鎮帶了點浪漫的色彩，認為此地聚集了一堆臥虎藏龍的人物，好比說，冒險歸鄉的英雄啦、苦讀寒窗的書生啦、退休的富商諸如此類的。要這麼想，我不反對。但實際上，小鎮的狀況慘不忍睹，你所期望的榮譽、成功、勝利通通與小鎮無關。想當然啦，這裡也沒有人願意為小鎮紀錄故事，畢竟鎮民們沒那種福氣，生出一個像杜思妥也夫斯基、普魯斯特或曹雪芹那類樂意將生命揮霍在白紙上的傢伙。

鎮民們所在乎的事全像是泡沫般，好比說，要怎麼讓女兒更愛父親啦，怎麼讓人們不討厭我啦，怎麼填飽肚子啦，怎麼不勞而獲啦。

至於你若想問我？像是我是誰？為什麼會在這裡？哎，說實在的，有時候我也搞不大清楚，要不是被困在桑德斯畫像內，每天出去只能見到發胖的白鵝和光禿禿的象山，我也不可能待在農舍後方，一邊辛勤地擠著羊奶，一邊寫下故事。

總而言之，關於這座小鎮，以及我自己的處境。呵呵。我相信——有一天會得到完善的結局，只要我性子穩定，靜待時機來臨，終有逃脫的一天；倘若我時時懊惱，一不相信自己，就大吵大鬧，生氣啊，冷戰啊，像失控的情緒勒索犯啊，等到希望降臨時，也將錯過而招致失敗。

最後，我要大聲唱歌——

萬物宇宙歷久興衰，有人愛哭，有人愛笑，盡頭依然美好。

聽故事吧！

此刻！

此刻！

羊兒被牧羊人照料，安穩地低頭吃草。

太陽昇起，生機盎然，大地永遠健康。

我祝你喜悅美麗。

生活快樂。

幸運美滿。

1. 頭上有烏雲的男人

「好了，你願意告訴我名字嗎？」

男人低著頭，一臉羞澀，緩緩吐出：「卡夫卡。」

卡夫卡？蘇易在一本厚重的《菜單日誌》上找尋這個名字。「卡夫卡是德國的名字，你是說卡夫卡，那個卡夫卡嗎？」

「是的，」卡夫卡說：「當初父親取名字的本意是堅強，但看起來事情老是往反方向走。我不知道怎麼說才好。」

此刻，日誌出現混亂的字體。蘇易摸著紙張上面的燙金色古老字體。「卡夫卡」的名字忽然化爲一團黑霧，瞬間在指縫間消失。

卡夫卡顫抖著身體。

「請你等我一下。」

蘇易下樓，穿進櫃台，挑選咖啡豆。牆上是一張寫著「活在當下」的標語。她一會兒煮咖啡，一會兒招呼客人。做事情要用心，傑曾經再三提醒她，若煮咖啡時毫無心思，那也沒必要喝了。浪費時間，這是傑最忌諱的。

離開前，她將滾燙的咖啡壺輕輕地抱在懷中，踢醒打瞌睡的胖子，再若無其事地走上樓。幽暗樓梯間，她開了壺蓋，露出笑容，往裡頭吐了口水。

這當然不是惡作劇。

三個禮拜前，卡夫卡坐在二樓窗台，心中想著死亡。蘇易爲了確保掌舵安然無恙，特別留意這類的客人。

這次是男人第三次來。

蘇易坐在男人對面，看著他一會兒責怪自己，一會兒絕望。但沒多久後，他的眼睛開始轉變，先是喜悅，喜悅加懷疑，最後轉向懷疑和不安。

「眞的嗎？」卡夫卡的手摩擦桌面。

「是啊。」她接續說：「這世界上，頭頂有烏雲的人太少見了。」

「說來眞是諷刺。這是厄運。那朵該死的烏雲！」卡夫卡情急之下，突然扯開頭髮，露出光頭。「中學時，我就變成這樣了。說到底，父親取的名字本身就是個厄運。」

卡夫卡握緊雙拳，重重地壓在桌上。

蘇易的眼神流出柔情，靜靜地望著他。他的嘴唇發紫，臉色慘白，身材偏瘦，髮線有逐漸往上增長的趨勢，整體給人一種不管做什麼都不會使人滿意的形象。

「不覺得嗎？卡夫卡這個名字本身就帶著不詳的氛圍，給人一種不幸的感覺。不，應該說，這個名字帶有詛咒性。公眾認定的不安因子。」

「但你有一顆美好的心。」

「即便如此，我還是得遭受那朵烏雲討厭的惡作劇、開車老是遇上紅燈、走路常常跌倒，……一堆烏煙瘴氣的鳥事啊。大家已經不敢靠近我，甚至非常討厭我啊！」

「我理解你的處境，」蘇易說：「你現在要做的就是喝下這杯魔法咖啡。想一想，這點對你沒有損失，而你只是花了喝咖啡的錢，隔天人生就會好轉起來。天底下沒有這麼好的事，你走運了。」

「我不懂，」卡夫卡說：「喝下這杯咖啡，烏雲就會禮貌相待、開車遇到綠燈、走路變得有風，所有人開始愛戴我？這是哪門子的道理？」

「當幸運降臨時，人們總是後知後覺。」蘇易將咖啡推到卡夫卡面前，自己也裝了一杯。

「喝咖啡要有伴，」蘇易說：「所以我泡了一大壺。」

「聞味道像是藝妓咖啡，」卡夫卡眼神爲之一亮，有點激動地說：「您用這麼上等的咖啡來撫慰我的心靈，若這是您的體貼，那我剛剛的情緒實在太慚愧了。我向您道歉。」

蘇易露出笑容。「沒關係的，你在這種情況下，難免嘛！」

卡夫卡露出笑容。

事情成了，蘇易想。

但別高興得太早。得先敲開對方的心，魔法才會發揮效用，傑曾那麼說。

此刻，蘇易望著卡夫卡，以無限的愛包容著他。

卡夫卡捧著咖啡杯，淺嚐一口，閉上眼感受著。那溫度正暖著他。巴拿馬藝妓咖啡溫順又醇香，彷彿情人的溫柔耳語。

「只要喝下咖啡，生命就會改變，真的可以嗎？」

「儘管喝下去就對了。」

卡夫卡顫抖著嘴唇，點了點頭。

「真的很好喝。」卡夫卡說。

「這樣就可以了。從現在開始你是全新的卡夫卡，請盡量享受現在的自己，忘記過去的遭遇，你的人生將會被重、新、改、寫。」

重新改寫，卡夫卡思考著這四個字。

接著，蘇易翻開《菜單日誌》，在空中寫著卡夫卡的名字，將之印進紙張。名字「卡夫卡」在紙張上閃著金白色的光芒。

「大功告成！」蘇易點了個頭，離開卡夫卡。

只是喝一杯咖啡，事情不會再壞了？卡夫卡心想。究竟過去發生什麼災難？他努力回想，但此時腦中空白。他將視線緩緩地往窗外望去，卻發現前方趨近於黑色，只稍微能見到自己映在玻璃窗上的輪廓。

卡夫卡應該是一張帶有象徵性的臉孔或是清晰的五官，可是爲什麼玻璃窗上映出來的臉像是一張溶解又模糊的畫呢？他仔細看進去，想找出清晰的自己，但怎麼樣也無法看清楚。

不管了，事到如今，能緊握的生命只剩下自己，只要活下去就有希望，他這麼告訴自己，接著振作起來。

站起來。

胸口鼓起來。

重新站起來。

邁開腳步。大步地走下樓。

這時，他將眼光停駐在一艘巨型船舵上，來回評頭論足，點了點頭。

又點了點頭。

就是這種感覺。

沒錯。

強硬。老練。

卡夫卡希望自己能像一樓木牆上的那艘巨型船舵般，既強硬又老練。

此刻，他注視前方的木板，那上頭寫著：

一九八八年，一名叫做「傑」的船長，將牆上的42吋彩色電視瘋狂往店門外一砸，改而裝設木製的巨型船舵，象徵凡事「盡其在我」的決心。從此「掌舵」的客人們，爲了找回人生的主導權，紛紛走進這間店，否則他們就會在無盡的大海中迷失。

卡夫卡看著木板介紹，將「傑」的名字烙進腦海。他不知道「傑」已經悄悄地影響他的生命。接下來他望著這艘巨型船舵，感到震撼萬分。這並非一般的船舵，而是經由手工再製的藝術品，每一道裂痕都極具美感，整體給人一種歷經浩劫而光榮歸來的感覺。

他帶著這份震撼走出大門，但此時飄著雨，於是他退回來。雨也是造成他人生不順遂，嘲笑他的一份子。有多少次，他避免一切，但沒辦法。那塊可惡的烏雲偏偏要在他頭上下雨。從小到大，他大概有一百萬次左右對著烏雲大吼大叫。

拜託！別老在我頭上下雨！

拜託！別再跟著我好嗎！

拜託！放過我吧！

因爲常常對著天空大吼大叫，卡夫卡老被人認爲是瘋子。

但一想到剛剛蘇易的話，從現在開始你是全新的卡夫卡，請盡量享受現在的自己，忘記過去的遭遇，你的人生將會重、新、改、寫。

我會重新改寫，他想。

一定會。

一定會。

一定會。

此刻，卡夫卡的胸中鼓滿勇氣，撐起笑臉雨傘，走進雨中，思考未來的方向。這一次，他重新出發，該帶什麼裝備上路呢？

是一個裝滿各種武器的公事包？是一把抵禦外敵的頑固雨傘？是一條能讓人保有溫度的厚圍巾？還是一張人生的捨棄清單？

一邊想，一邊又感到沉重。但沒多久後，事情改變了。

眼前的一切變了。街道瞬間變得清晰，雨聲又響又亮，整個身體似乎也開始輕鬆起來，彷彿隨時能飛上空中。

他笑了。是開心。是快樂。

就是這樣。他告訴自己。再重新出發時，不要帶任何物品。不要武裝。不要防備。只要擁有一張往上揚起的笑臉，如同傘上的笑臉圖案般。

事情正在轉變，他能感受到。老太婆沒有騙他。從前的街景老是充滿敵意的對準他，然而此時，所有討厭的氛圍已經消散。他可以笑了。輕鬆的笑了。如同傘上的笑臉圖案般。

不可思議啊。僅是一杯咖啡，竟然能讓他的生命蛻變，獲得重生。

時間是晚上十點，當瘦子按下晚安音樂的播放鍵，巴哈的音樂便開始悠然揚起，與大地共舞。那是一首曲名不大確定是「五月羊兒安全擦壘」亦或「羔羊得以安然照料」的頌讚曲。好了，不管生命遭遇什麼，且讓我們安然地聽歌吧。

羊兒已經被牧羊人照料，安穩地低頭吃草。
太陽昇起，生機盎然，大地一片健康。
我祝你喜悅美麗。
生活快樂。

2. 新客人的左輪手槍

陽光灑在蘇易的白髮上，透出銀灰色的光芒。一大早，她躺在門口的長椅上，慵懶的曬太陽。

山上濃霧密布，隱約現出一座城堡。錯不了。是那種在電影中常見的哥德式古堡，一但接近黃昏，蝙蝠群就會胡亂飛竄，引出藏在深處的吸血鬼。

太老套了，蘇易想。

此刻，屋內突然傳出一陣尖叫。第一個念頭從她的腦袋中降下來。果然。吸血鬼終於吸走少女的血了。蘇易一邊紮起馬尾，一邊走進掌舵。

但客人準備出來，因此兩人好巧不巧落在兩邊，一個將門往內拉，一個將門往外拉，彼此隔著玻璃門，眼睛望向茫然，誰都沒有說話，只是感到有些驚訝，門爲什麼打不開？

兩人再試了一次，門同樣沒有動靜，最後客人乾脆放掉門把，緊緊抱著手上的牛皮紙袋。蘇易這時拉開門，看見客人的臉上帶有一種難堪的怒氣，而且還混合著自卑和無奈。

蘇易退了一步，讓客人先離開，再趕緊走進去。

「那是左輪手槍嗎？」

瘦子點頭。「他威脅我們，趕快給他檸檬塔！」

「只是等一下子而已，就威脅我們。」胖子說。

「要不是你連招呼客人也不會，我們哪會被威脅，剛剛我正在忙呢。」

「趕快給我檸檬塔！趕快給我檸檬塔！趕快給我檸檬塔！就像飢餓犯那樣說著，以爲大家都聽不到，」胖子一邊拍桌，一邊假裝掏出手槍模仿著。「事實上，我早就聽得一清二楚。」

「竟然如此，你應該早點服務客人。眞不明白，傑到底看上你哪一點？」瘦子說：「既不像老太婆一樣勤勞的打掃，也不會做料理，整天摸魚打混，偷吃東西，我們究竟要你做什麼？」

「大學畢業那一天，傑找上我。我也不知道啊。反正我老實告訴他，我什麼也不會。眞的什麼也不會噢。很奇怪吧，大學畢業竟然什麼都不會，但傑盯著我的肚子。他說沒關係，你很適合我的店，這個世界的協調，也需要你這種人。錢跟能力都不是問題，你只要在店裡待著就好，好好享受。」

「好好享受？」

「嗯啊。」

「這是我答應的條件。」

「連洗碗也不必？」

胖子點點頭。再次點點頭。重新模仿客人。「蘇易，他就這樣，」胖子走來走去，拍拍桌子，掏出左輪手槍，再用槍敲打著櫃台。

「給我檸檬塔！給我檸檬塔！」

「不是什麼大不了的事啊。」蘇易：「但他有付錢吧？」

「付了一張鈔票，還來不及找他零錢，人就離開了。」瘦子說。

「可能是女孩的事。」蘇易沉思著。

時間是深夜，衣服和襪子正溢出水滴。

武橘站在自家的路燈下，不敢踏進家門。

瑪娜已經在家，為了避免兩人起衝突，身為父親的他還在思考如何說話，才能讓瑪娜開開心心的吃到檸檬塔。

就這樣吧，武橘想。把檸檬塔放在餐桌上，走到瑪娜房門前並告訴她，買了妳最愛的檸檬塔，出來吃吧。假裝開心的語氣，忘記爭執，就當什麼都沒有發生過，其他只是像螺絲般的東西，不需要在意。就這樣吧。

打定主意後，他抱緊牛皮紙袋，打開大門，像盤算中的想法進行著，可是瑪娜卻突然大肆咆哮，幾乎要將整棟房子弄垮了。

武橘呆坐廚房，一邊看著檸檬塔，一邊聽著從房間傳來的搖滾樂，突然又百感交集。

唉，怎麼會這樣？瑪娜的脾氣每況愈下。不過，這都得怪他。如果他能賺多一點錢，換一間能曬到陽光的房子，瑪娜就不會成天烏煙瘴氣，搞些搖滾樂手的壞脾氣。但憑他的能力，如何讓女兒過好日子？

自從妻子死後，武橘早已失去對工作的動力及生活的希望。

如果馬姬還在就好了。他嘆了一口氣，閉上眼睛，呼吸間能感受到馬姬的美好。但怎麼樣也無法實現了吧。他一邊想著馬姬的臉龐，腦海卻浮出另一個年輕的臉蛋。是瑪娜。

說到底，瑪娜跟馬姬是截然不同的兩個人。馬姬溫柔又體貼，擁有一張漂亮的臉蛋以及優雅的氣質。她是彷彿天使的存在，而且常常被幸運眷顧，只要有她在，一切就沒問題了。

可是馬姬爲什麼早逝呢？他張開眼，眼眶滿是淚水。

而瑪娜就是在媽媽過世後才變壞的，武橘想。她的心是一瞬間就變壞了，就像是沾染到腐爛寄生蟲般，附著在她的心中，努力吸食她的善，讓她一下子崩壞。

武橘打開牛皮紙袋，咬了幾口檸檬塔，將所有的苦水吞進去，陷入無限沮喪的迴圈中。

瑪娜在房間哭，放大音響壓過哭聲，縱情的哭。

剛剛笨蛋老爸告訴她：

瑪娜，沒關係，聽人家說，美麗是一種錯誤。美麗的人連神也會忌妒，所以他們的生命總是太早消逝。

瑪娜一把火壓了上來，忍不住又反抗幾句：

糟老頭。沒用的老頭。討厭鬼。爛基因。去你的廉價檸檬塔。

瑪娜一直哭。一直哭。

但不管如何，一切的不滿、憤怒都無法改變事實——

她完全沒有遺傳到媽媽的臉蛋和氣質。

幾乎整個青春期，她都在一種厭惡自我的狀態中度過，更別提會生出那種一般孩子經歷青春期的成長喜悅。瑪娜不開心。不快樂。不明白爲什麼別人的五官立體、眼睛美麗、身材姣好，而她卻遺傳到笨蛋爸爸的基因，不僅生來醜陋，美感受限，有時半夜上廁所，她還會被自己的臉蛋驚嚇。

她看著自己扁平的鼻子，像綠豆的眼睛，疏散的眉毛，以及五官粗糙的部位，她幾乎要發瘋了。這些臉蛋總和起來就像是被三流麵包師父隨意捏造的樣子，而且是用那種隨便的心態，爲了趕工所捏造完成的速食品。

如果世界上有一種專屬美麗的魔法，

能讓人變美，受到大家歡迎，不知道該有多好。

瑪娜從床上爬起來，抓緊鏡子，厭惡著自己的臉蛋。

天生的。天生的。天生的不美。天生的不美降臨在我身上。不公平。太不公平了。強烈的虛榮心讓她感到挫敗，於是她躲進棉被，瘋狂的大哭，祈禱著遠方救贖的魔法，……

一張漂亮的臉蛋能讓人心情愉快。
一張漂亮的臉蛋能招來好事。
一張漂亮的臉蛋能讓人過足豐富的生活。
噢，一張漂亮的臉蛋。
噢，夢寐以求的臉蛋。
噢，迷人又可愛的臉蛋。
我要用一切來交換。
噢，當一個美麗可愛又迷人的女孩。

3. 老樹枝鐘

深夜，小鎮中央的老樹枝鐘發出打嗝的聲音。大概有十二下，女孩一邊數著，一邊踩著月光的影子離開。她身上包著一件大衣，裡頭一絲不掛，因此強風一吹，毛料緊貼肌膚，一陣柔軟的觸感隨即迎來。她將手上的一卡皮箱放在地上，攤開地圖，試著找尋旅館的位置。但突來的一股暴風，將她那卡皮箱和枯葉一起騰空飛旋，喀嚓一聲倒地，衣服散在地面。

蘇易遠遠就看見這一幕，趕緊走過來，一邊撿衣服，一邊喃喃自語。但女孩卻匆忙地撿起空皮箱，快步離開。

「喂！」蘇易在後頭大喊。「衣服不要了嗎？」

女孩背後跟著一團黑影，蘇易瞪大眼睛，看見女孩隱進黑暗中。

蘇易帶著那團衣服，一路前往老樹枝鐘。

通常這種時刻，蘇易應該躺在床上呼呼大睡。但因為在睡前看了《東京物語》，精神異常亢奮。照道理說，小津的電影充滿大量的低鏡頭、建築靜景和慢語速，應該具有強烈的催眠作用，可是當電影到了父親離世的橋段，時空轉換到學校，鏡頭一路順著下坡滑落時，她的眼淚竟然流了下來，一直清醒到現在。

抵達老樹枝鐘後，蘇易看見一名裝扮成花精的女孩，她向她點頭，將手上的衣服放在長椅上，抬頭欣賞這棵巨大的老樹枝鐘。

「深夜一點的時刻，它是打幾聲嗝？」蘇易問花精女孩。

「嗯哼。妳猜囉。」

「妳是街頭藝人嗎？」蘇易說：「現在表演不嫌太晚嗎？」

「做喜歡的事，哪有時間限制，別多管閒事噢。」

她點點頭，轉向一旁，看見一名男人。

男人穿著西裝，拿著一束鮮花，望著老樹枝鐘，眼神流露出憂傷。

「最好不要在老樹枝鐘面前掉眼淚，」蘇易說：「尤其是男人。」

男人回過神來。「與妳無關啊。」

「這棵樹是我種下的，你在樹面前哭，怎麼說也跟我有關，更何況愛哭的男人做不了大事啊。」

男人漲紅臉，又說：「老太婆別太苛責，人們只能笑，不能哭嗎？」

「如果我沒看錯的話，」蘇易說：「你是早上的客人，對吧？」

「請、滾、開，好嗎？」

「原來如此，你在鬧脾氣啊。」蘇易說：「聽起來不太好。」

「請、妳、滾、開。」

這時，花精開始跳舞，像在附和話語似的。蘇易重新望著老樹枝鐘，看著寄生蟲鑽進鑽出，吸取樹的養分。長樹枝指針此時動了一刻。再過半個小時就能知道它打幾聲嗝了，蘇易想。另一股念頭突然降下來，她迫不及待地問男人。

「你叫做武橘，對嗎？」

「妳怎麼知道我的名字？」

「《菜單日誌》早已寫好，我們註定要在老樹枝鐘下相遇。」蘇易說：「不過請您放心，這可不是愛情遊戲，也不是電影劇本，只是，……」

「那是什麼鬼東西？」

「一種預言書，」蘇易說：「城市有許多占卜師或命理師，他們就做這種事。以特定的方式，幫人類估算未來的命運吉凶，告訴他們是福是禍。」

武橘搖搖頭。

「你不相信嗎？」

「像我這種無名小卒，不可能有宿命。」

「哦。那是當然的。你不相信嘛。」

「我能相信什麼？」

「菜單日誌。」

武橘沉思了一會兒，又說：「如果上面寫了我的事，那會寫什麼呢？」

「我忘了。」蘇易說：「不過大抵是我被安排來拯救你。您很幸運哦。不是每個人都能遇上我，或者被菜單日誌挑中。」

「妳要拯救我？怎麼可能，……」一說完，武橘泣不成聲。

「哎哎哎。剛剛不是說過，別在老樹枝鐘面前哭泣，它太老了，禁不起人們對她傷心，畢竟讓老人家擔心，實在太沒道德啦，……而且這是欺負老樹枝嘛。好啊好啊，有什麼事，我們就坐在長椅上聊聊，反正我們有一整晚的時間聽你說心事，……這樣好了，不瞞您說，我擅長傾聽，而且這似乎是我與生俱來的能力，現在竟然成爲了天職。總而言之，我很珍惜噢。」

月光下，蘇易流露出母性包容。

那一晚，武橘傾訴了他的委屈、不安、煩惱與痛苦，……

就這樣。當蘇易再次打開《菜單日誌》是兩個禮拜後。

某天傍晚，她在目錄上找尋「W」字的頁數，順利找到武橘的名字後，像上次那樣運作，一些黑色的粉末突然從字裡行間中浮現出來，往空中瞬間消散，爾後武橘的名字瞬間變爲金黃色。

多年前，傑教了她這個把戲。每次這麼做，她都覺得不可思議。自己並不是女巫，只是被雇來執行，竟然能擁有神奇魔法。

武橘目眩神迷，整個人輕飄飄的。

「再次看到這本預言書，心情都亢奮起來了。」

「不是什麼大不了的書，」蘇易說：「當然囉，書裡頭這些人的生命也不是什麼大不了的事。當你發現身邊有那麼多不幸的人們，自己的不幸就變得稀鬆平常了。但這樣說，好像顯得我特別無情，但實際上就是如此。而且有趣的是，當人們的不幸成了常態，幸運就顯得特別的不可置信。」

一說完，蘇易闔上《菜單日誌》，鬆了一口氣。

「不過，這一切眞是感謝妳，」武橘喝了一口咖啡，又說：「簡直是從谷底慢慢往上攀爬。是一條逐漸往上升高的紅盤啊。」

「你跟女兒的關係還好嗎？」

「變好了，」武橘說：「我身爲化學試驗師，經過特殊的原料混合後，製作出一種符合瑪娜臉蛋的面膜。現在她笑口常開，膚質剔透，氣色變得很好，而且桃花朵朵開呢。」

「談戀愛啊。」

「正是如此。」武橘說：「這一切都是經過妳的魔法，我才可以逆轉人生。下個禮拜，特製面膜即將賣到百貨公司的專櫃，到時候鐵定會大賺一筆，……」

「眞是太好了。」蘇易說：「你的特製面膜會讓整個城市更好，也就是說會有更多人變美。有朝一日，你的生意會在城市中占有一席之地。」

「這一切都是托妳的福。」武橘說：「萬分感謝！」

「別這麼說，我做的事很小，你倒出了大半的勞力。」

「是、是嗎？」武橘停了一會又說：「我的銀行戶頭從來沒有這麼多個零，以前想買的北歐家具和電暖爐，現在全買下了。」

「生活也變得有品質。」

「但是，……」

「怎麼啦？聽起來憂心忡忡。」

武橘的身軀彷彿在空中沉下去似的。「這是眞的嗎？我覺得輕飄飄的。」

蘇易謹愼地看待問題。「你會感到開心、輕鬆是因爲過去你太習慣重量了。這只是一段過程，爾後你會喜歡輕盈的感覺。當然，人有慣性，這種東西會在不知不覺間將人拉回過去的經驗。尤其是面對陌生的事物，你要特別小心。」

「不是很清楚，但只要有蘇易就不用擔心吧。」

「我只是老太婆。」

「唔。妳是個受人信任的老太婆。」武橘又說：「不過您爲什麼要對我這麼好？我們互不認識，也沒有生意上的關係。」

「老天安排的吧。」

武橘頭歪了一下。「老天？」

「是神明嗎？」

「就是這樣啊。」

武橘喝了一口咖啡。咖啡在杯子內逆流旋轉，沒有人發現。

小鎮的怪事一籮筐。這只是其中一部分。再過一陣子，我們才能看見事情的全貌。現在一個客人上門了，差一刻，要打烊了。

來聽歌吧。

關於一首牧羊犬與牧羊人的旋律。

我們要謝謝巴哈。

謝謝美好的音樂。

謝謝乾淨的耳朵。

4. Stray girl

且讓我將美好的故事重新掉落這座小鎮。
看倌們！照過來看噢！
若您還記得先前那位倉皇而逃的的女孩，那麼故事就此展開囉。
現在她的粉色內褲、紅色毛衣、藍色短襯衫還丟在老樹枝鐘的長椅上呢。
至於那名充當街頭藝人的花精，可真有戲啊。她的故事日後才會現出輪廓。
哎呀，不能多提啦！
現在Stray girl已經從天而降了。
咻——開——幕——

瘦子一大早就發現女孩的身影，此時正一邊清洗她的紅色披風，一邊思考女孩的事。這個女孩為什麼會倒在掌舵門口呢？
或許女孩是昨晚那陣颶風吹來的吧。這點不難猜想，畢竟小鎮偶有傳聞，某個農舍的豬群，在一個晚上後，出現在隔壁小鎮上。聽來荒唐，但他自己目睹過好幾次。他見過空中降下空心菜和番茄，也見過困在颶風中的沙丁魚，那畫面像是沙丁魚就在空中飛翔，十分驚奇。

總之，奇異事件是小鎮的常態。他得習慣這一切，盡量不去管別的事情。反正拉長時間，女孩或是沙丁魚都會消失。

瘦子是這樣的。有一流理想，渴望成爲一流廚師，因此他相信抓緊時間，心無旁鶩，每天持續練習，終會實現。

現在他走到門外，打算在三分鐘內完成次要任務，——也就是曬披風、倒熱牛奶給女孩，並提醒胖子別打擾他。

之後，他關在廚房中，做大量的料理實驗。

胖子不是瘦子。胖子沒有理想，天天散漫，不知所云。今天來的女孩是小鎮的新鮮事。根據胖子的採訪，他得知女孩從大蘋果城市一路漂流到小鎮，期間坐過驢車、西瓜搬運車、紅十字軍車、道路救援車，偶爾大量徒步，等到身體無法負荷時，乾脆倒地，死了算了。

「眞的假的？」胖子說。

「反正爛命一條，逃不過追兵啊。」Stray girl 異常的熱情。

「有人在追妳嗎？」

「追我？哈。基本上，追我的我不愛，不追我的反倒常常愛上噢。」

「像是宿命性的東西。」胖子說：「蘇易就在搞這些東西。」

「我的具體生活是拿出行動，執行逃跑，讓自己居無定所。」

「但這樣一直逃，總需要資金，妳是富二代嗎？」

「本來是工作存下來的錢，後來上路了，一些人聽見我逃跑的故事，深受感動，願意出錢資助，所以辦了專用逃跑的募資帳號。當然，這可不是辦假的，總之能省則省，過得節儉一點，大概就能減少身上大半的城市味，讓自己成為流浪無賴。Runny Walker 第一屆當選者就是我。我是承辦人，參選人，得獎人和最佳代言人。」

胖子一聽，捧腹大笑，拼命拍桌。

「喂喂喂！」胖子說：「我朋友很少，妳當我朋友吧。像妳這種個性，當你朋友一定很快樂，可以吧？不追妳，別愛上我，但我們當朋友。」

「沒問題。不追我，跟胖子當朋友，一言為定。」

「那麼從今天開始到雙方死去為止，我們都是朋友。」胖子說：「不管中間有任何爭執，彼此只要認定下來，直到一世紀結束前，我們都是朋友。」

「反悔變小豬。」Stray girl 說。

「不，反悔變海鷗。」胖子說：「海鷗可以飛。」

兩人打勾勾。魔法就此生效。

交朋友？瘦子停止手邊正在擠壓的麵糰，抬頭從小窗望出去，看見女孩和胖子正在打勾勾。無法理解。交朋友這種事，他從來沒有想過，畢竟一直以來，他認爲能一個人走江湖就不要兩個人三個人，多了嫌煩，有時還礙事，能一個人自在逍遙最好。這是他的哲學。現在他將精神集中在麵糰上，思考著突破與創新。

打烊前，瘦子重新拖地板，將垃圾袋放到後門，確認廚房乾淨整潔。一切就緒後，他掏出鑰匙，打開櫥櫃的門，壓下開關，重新確認螢幕上的畫面。那是一台小型電視機，連結外面的監視器。每晚離開前，他得再次確認店裡的狀況。

這個習慣他沒告訴別人，只有幾次胖子走進來，發現他在正做這種事。但每次胖子一進來，畫面就開始跳掉。

「畢竟電視機也是有脾氣的。」胖子說：「萬物都有脾氣啊。」

「是靈氣吧？」

「是脾氣。」

「電視機是二手的啊。因爲她曾經被拋棄。誰都不喜歡被拋棄啊。況且這個年紀被拋棄，而且還在更年期，情緒不穩定愛發脾氣也是理所當然。」

胖子是對的。那台二手電視機常常發脾氣。電視機螢幕常常隨便調換顏色，有時藍，有時紅，有時又跳回黑色。瘦子老是搞不清楚，畫面上的客人到底是笑還是哭，是生氣或開心。而且奇怪的是，從螢幕上看過去，客人的臉看起來都一樣，總之是苦的。

瘦子拍打螢幕，讓螢幕回到藍色。當初買這台二手電視機時，正是因爲螢幕上的顏色泛藍，才要求老闆無論如何一定要賣給他。太特別了。用這台電視機來看客人，一定非常美。

今天的顏色還算正常。現在螢幕上已出現客人，時間是早上十一點。他快轉三倍，畫面瞬間飛動，只有胖子在那期間走來走去，偶爾出現蘇易。下午時，客人像潮汐般湧進湧出。到了晚上，一批客人進門，然後離開。之後一個客人也沒有。差不多了，他想。一整天大概是這個模式。

沒有異常，確認完畢，很好。

這時，忽然傳來一個聲音。

像貓咪般。微微的叫著。

這個時間點，還有客人沒離開嗎？帶著這個疑問，他重新檢查畫面。

錯不了。

就是她。

三分鐘前，那名女孩趴在櫃台前方。他將速度調整爲一倍。現在女孩出現在畫面上，能見到女孩的一舉一動。再次放大畫面，他在螢幕中仔細觀察，發現女孩的身體正在顫抖，而聲音就從那邊發出來。是哭聲嗎？

她是誰？這名女孩究竟是誰？掌舵難道多了一名員工？不，看那樣子是客人？還是蘇易的遠房親戚？不。可能那就是蘇易。蘇易以年輕的姿態，出現在掌舵。但是等等，老太婆根本不是那種會穿馬甲和長筒馬靴的女人啊。

是客人吧。瘦子重新調整畫面，發現是胖子的朋友，Stray girl。

瘦子關掉電視，透過小窗望向外頭，發現女孩就趴在櫃台睡覺。這是早上的女孩，他逐漸想起來了。但她一大早就睡在掌舵門口，到了晚上，也想要睡在掌舵嗎？瘦子不可置信，頭一次遇見厚臉皮的客人。

喂！喂！喂！這裡可不是旅館。

「本店已打烊，妳該回家了。」語氣冷淡。瘦子拎著長毛象背包，一邊吹著口哨，一邊關掉燈光。又打開燈光。

女孩驚醒，跳下高腳椅，拎著托特包，一路往外奔，並且在一個大家都不在意的時間點撞上玻璃門。頭低低對著玻璃門道歉。最後終於才看懂門把。開了門。消失在黑夜中。

什麼嘛，原來沒有睡覺，瘦子將鐵門拉下。

在那之後的每一天，瘦子早晚都能見到 Stray girl，也能聽見女孩從深處傳來的哭聲。爲此，他在回家的路上，特地做了一首自創曲：

女孩的哭聲像一隻狡猾的貓；

她的眼淚是透著月光的藍色貝殼；
我總在三分鐘後才想起她；
她像鬼魂般來到我面前。
又像鬼魂般離開我。
嗚~嗚嗚~啊嗚嗚~嗚~~
最後什麼都忘記了。

5. 一記槍響

往後兩個禮拜，胖子都會在櫃台跟 Stray girl 聊天。

大部分的話題，兩人都能聊，但奇怪的是，一談到 Stray girl 本身，她便立刻轉移話題，難以窺見血肉。

第三個禮拜的星期一，事情突然驟然落下。Stray girl 變得沉默寡言，頂多回了個「嗯」、「哈哈」、「呵呵」之類的話，接著便像是跌到谷底似的，整個人鬱鬱寡歡。傍晚時分，Stray girl 乾脆趴在櫃台上哭。胖子被那行為嚇到，一時之間不知所措。

怎麼了？

我做錯什麼事？

有什麼事，你要告訴我？

爲什麼突然要哭？

我們是好朋友，有什麼事跟我說哦。

擦眼淚，擤擤鼻涕，喝杯咖啡吧！

妳不跟我說說話嗎?

哎呀!這樣子,可真是傷腦筋啊!

到了隔天,Stray girl 依然苦著一張臉,後來整天趴在櫃台上哭,不吃也不喝。胖子想破頭也無法理解。難道他說錯話了嗎?或者他做錯什麼事嗎?

第一時間胖子關心她。無微不至的照顧。百般呵護。但她封住嘴,什麼也不告訴她。不。可能女孩試過了。不能怪她。兩人或許被什麼阻礙了。畢竟每次她試圖解釋時,聲音就變成啵啵啵的,誰也聽不懂。再到後來,只要 Stray girl 一哭,外頭就會嘩啦嘩啦地下起雨。

連日連夜的下起大雨。

豪雨。

狂風暴雨。

雨像是要強烈地表達女孩的悲傷般,拼命的下著。

最後小鎮淹水了。

第四個禮拜來了。胖子一大早就把傘桶放在門外,將水桶、衛生紙、吹風機放在櫃檯前方,方便客人使用。當然，這些是蘇易想出來的。她爲了解決淹水的事，也相當頭痛，得趕緊聯繫水電工，處理二樓屋頂的漏水工程。而瘦子爲了準備萬聖節的蛋糕，根本不可能理會胖子或女孩。

某天，兩名穿著花襯衫的年輕人拼命對著 Stray girl 叫囂著。

是妳吧！下大雨都是妳害的吧！

喂！搞什麼啊。喝個咖啡也要捲褲管。

都說了啊，叫妳媽媽帶回家管教。

誰欺負妳是一回事。把妳放出來吵人也不對嘛。氣死我了。

耳根子想清淨一下也不行啊。咖啡店。喝咖啡店就是來放鬆的。老闆不好意思趕走妳。自己有腳可以走出去啊。

哭！哭！哭！被妳哭衰了！操！

當時，胖子帶著膽怯的心，將心事一股腦兒地丟給蘇易。

「蘇易，怎麼會這樣？Stray girl 一剛開始還好好的，該不會是我說錯什麼話，讓她變成這樣吧？」

「應該與你無關。」

兩個人一邊聊著，一邊覺得吵鬧。

「是嗎？」胖子：「她是來到掌舵才變成這樣子，而且我跟她說過最多話，還是一世紀的朋友，我不希望她變成這樣子。」

蘇易拍了拍胖子的肩膀。「多吃點東西，事情很快就會過去。」

「心酸酸的，爲什麼會這樣？我從來沒有這種感覺。」

「那麼你多陪她吧。」

「可是她不跟我說話了。」

「她會來啊。來的時候，你就陪她，不一定要說話，只要讓她知道，你一直在，擔心她，想陪她，這樣就可以了。」

「但是她一來，雨就開始下，客人相當討厭她，而且瘦子因爲麵包常常發霉，脾氣變得難以理喻。」

「是嗎？」蘇易問。「有這種事？瘦子生氣啊？」

胖子拼命點頭，一臉無奈的表情。

就在這時，瘦子突然衝出廚房，對著花襯衫大吼大叫。

你們小聲一點！

小聲一點！

小聲一點！

頓時間，所有聲音都落了下來。

時鐘滴滴答答。

滴滴答答。

外面的雨聲轟隆轟隆。轟隆轟轟。轟轟隆隆轟。

花襯衫叫囂。

靠！你算什麼啊！別插嘴！

一說完，桌上的玻璃杯往地上摔。

花襯衫將桌椅往前翻。瘦子發出一記左鉤拳，將花襯衫的臉狠狠地打歪，濺出鮮血。然後是一陣碎塊聲響。另一個花襯衫跳上鄰座桌，抓起客人的臉，不停的甩巴掌。客人回擊，猛一推，花襯衫往後退，兩人打了起來。

店裡一下子是玻璃碎裂聲，一下子是尖叫聲，有人受不了逃出去，最後所有人打來打去，揍來揍去，誰也互不相讓。

不曉得是因為天氣太悶還是大家的心情煩躁，那一天所有的人都很混亂。男人開始打女人。女人開始打男人。男的打男的。女的打女的。大的打小的。小的打大的。大大小小全打成一團。男男女女、大大小小全籠罩在這股發洩的情緒中，直到空氣突然出現一記槍響。

子彈以飛快的速度飛過女孩的髮際線。

女孩慵懶地趴在桌上，一動也不動。

各種眼珠往 Stray girl 撲去。

精準地掃視著，像探測機般。

一名戴著黑紗罩的男人，正往門口逃逸。

就是他，有人說。

另一名指著他。

他要射殺女孩！第三名客人說。

正當大家都看往嫌疑犯時，Stray girl 轉向瘦子，希望從他身上得到安慰。

只要一眼就行了。

只要一眼，她就能感受到被愛。

只要一眼，所有的眼淚都會停止。

但沒等到他的眼神，她的心好像踩到檸檬。她看見他那張被打得鼻青臉腫的臉，看見他身上那股傻勁。他不是爲了愛而決定挺身而出，女孩明白。全是爲了他想要的寧靜，才從廚房站出來說話。這一次，Stray girl 站在死亡面前，深刻地感受到自己的這份愛。毫無疑問，她確認了愛。

一下子她就愛上瘦子了。

本來她哭，是爲了引起瘦子的注意，但失敗了，她得再做點什麼。

6. 送羊奶大哥

當送羊奶大哥光臨寒舍時，以「我」爲篇章的內頁正巧被寫下來。猶豫著是否留下來，保持故事的平衡性，讓說故事者完全退到防線內，將人物推往戰場，抵擋前線陣營。

但太危險，可能會戰死，畢竟人物不夠厚實，我這樣一邊想，一邊招呼他。

「抱歉，寒舍沒什麼美味的東西可以招待，只有羊奶酪。」

「這樣就可以了。」送羊奶大哥穿著綠色毛衣和灰色毛褲，悠哉的點點頭，綻開溫暖的笑容。

桌上放著一張「梵谷左耳」的畫像。那是上次我請他帶給我的。他做到了。我相當開心。但他腦中似乎斟酌著某個事情，沒發現我的喜悅，也沒有品嚐桌上的羊奶酪。大概過了三分鐘後，他從毛褲口袋中抽出五張信封，小心地擺在桌上。

「信我看過了，請不要介意，這是爲了保護你，……」

「這些是什麼呢？」

「胖女人安排了幾名讀者試讀後，其中一名讀者指定要給你的信。」

我撕開信封，看著歪七扭八的字體，感到吃力。

試讀的讀者問我，爲什麼隨便對女孩開槍？

對一個脆弱的女孩隨便開槍是一件不道德的事。

毫無同理心，他還說，子彈寶貴，萬一眞的傷到誰，心會發疼啊。

我把信放在桌上，一種複雜的情緒浮了上來，畢竟我從沒被人罵過，現在竟然因爲這種事責怪我，可眞傷腦筋啊。

「怎麼回覆？」

「唔，太認眞了。」我摸著耳垂。「故事裡的誰死掉，沒有誰會眞的傷心。」

「噢？」送羊奶的瞪大眼睛。「這樣回答，恐怕不太好。」

「我不喜歡解釋太多，那畢竟是故事自己流出來的血肉。」

「至少採納一點讀者的意見吧？」送羊奶的說：「就像是我送牛奶，偶爾遇到早起的客人，也會問他們，最近的牛奶還可以吧？類似關心的東西。」

「但我不需要討好大眾讀者啊。」

我要尋找的可是充滿想像力與擁有冒險精神的讀者，只有他們才能眞正拋開世俗，不顧一切前來拯救我。但此刻，我必須緊守秘密。

「人是互相的，總是低聲下氣一點比較好，畢竟投資方都在觀察。」

「你、是、說胖女人嗎？」

「是啊。萬一擺高姿態，未來的合作恐怕更加困難。」

「我並沒有擺高姿態，只是想節省麻煩，專注在工作上。」我說：「未來一定有時間好好滿足讀者，但目前都還不到那個時候。畢竟故事還沒完成，也不知道所有的面貌，現在回答太刁難了。」

送羊奶的點點頭，開始吃起羊乳酪。

「嗯。辛苦了。」

「你也辛苦了。等待是一件相當辛苦的事。」

「是啊。大家都在等待啊。年輕時，我也曾像你一樣，期待前方的某種東西，相信只要比別人努力，生命就會降臨好運。不過現在想起來，當時真是太小看命運了。」送羊奶的裂嘴笑開。「呵呵。人哪，絕對不能忽視命運的安排。」

「唔，不大清楚您的意思。」

「這種事只要經過歲月的淬鍊，自己就會曉得，不需要特別解釋。」

「您這麼一說，我突然想起一座雕像——那就是唐吉軻德坐在馬背上，將一把劍向著天空舉。那把劍像是命運的標竿般，彷彿在訴說著，啊！所有人都必須臣服命運之下，必須臣服命運啊！無一特例，無一特例啊！」

「唐吉軻德？這麼說來，當成書的封面好嗎？」

「不，只是突然想起來。用那種封面會讓人誤解。是騎士小說嗎？呵呵。當然不是，這只是一本種雜草卻長出蜂窩的故事，比起偉大的唐吉軻德，一點邊也沾不上。」

㳄羊奶的點點頭，將其他四封信往前推，並從毛衣中從抽出另外一封信，然後說：「這封信比較特別，我的建議是，最好不要打開。」

我接過他的信。這是什麼信？最好不要打開。爲什麼呢。信放在手上給人一種沉重的感覺，只要一打開，彷彿就會有魔鬼逃出來似的。

「這是一封加了魔法的信。只要一摸到這封信，我的心就會開始不安，所以才那麼建議。但信是你的，你自己決定，……」

「魔法？」我捕捉那味道，重新審視這封信。

我對著信紙沉思，還無法判斷。

「你想必也感受到一股不安感，……」㳄羊奶的露出驚恐的臉。

我點點頭。「好像有什麼銳利的東西架在脖子般。」

㳄羊奶的雙手摩擦著大腿，呑著口水，焦急地盯著我。

「信如果不打開，事情就不會成立，對吧？」我說。

「我不知道。不過，你有自己的做法，想怎麼樣，我不會干涉。」

再次惦著那封信的重量，理智告訴我不該打開，可是一股強烈的好奇心驅使著我前進，想知道信封裡頭到底放著什麼東西。我離開㳄羊奶的，走到櫃子旁，拿出一把羊齒刀，接著回到位置上。㳄羊奶的雙手貼在大腿，緊閉嘴唇。我深吸了一口氣，專注在信封上，來回反覆翻弄。如果裡頭放著傷害我的東西，或者會打擾我的農舍生活，破壞我的計畫，那該怎麼辦呢。這個外來的東西眞麻煩。現在我應該將心思放在故事身上，而不是擔心著眼前可能會傷害我的東西啊。

我放下信封。但僅一秒，心已經被吸引過去了。外界的東西竟然讓我坐立難安。不可置信。

再次拿起羊齒刀，割開信封，抽出裡頭的信，打開。

像我預想中般，這的確是封有威脅的信。就在剛剛，我的手指瞬間產生灼燒感，於是我甩開信。信自動跳到桌上，化成一團熊熊烈火。

我們都傻了眼，看著狂魔亂舞。

信在桌上顯示出綠色火焰，浮出幾行字和圖像：

追捕單。即日生效。

事由：協調師爲平衡整個世界，因此特立追捕擾亂世界和平的傢伙。您使用的「義大利伯萊塔 92F 型手槍」彈匣已被列入紀錄中。

旁邊是一張長得像我的草稿畫，上面的我眼睛細又長，耳朵小又圓，鼻子上有一塊黑色胎記。留著些許鬍渣。

協調師傑敬啓

送羊奶的手心朝上，緊閉雙口。我接受審判，思考自己究竟哪裡犯錯。

「怪了，」送羊奶的緊皺眉頭說：「上面的素描怎麼會是你？你一直都待在農舍，不可能出去，對吧？難道你有孿生胞兄嗎？」

「我是獨生子。」我斬釘截鐵地說：「不過我的母親在我出生前做了什麼，或奇幻小鎮上出現長得像我的人也未必不可能。什麼都有可能。」

我正在思索這封信如何抵達農舍，而且就這麼找上我，實在有趣極了。我可是創造故事的人。是奇幻小鎮上的老大。是如同造物主般的存在。不過說到底，對方這麼做一點也沒錯。我的確是肇事者。畢竟情節是我構思的。故事是我創造的。角色的誰犯罪，推給我也頗有道理。的確，我才是眞正的幕後指使人。

「你的表情好嚴肅，」送羊奶的說：「難道是你嗎？」

我沉默著。他用自己的方式理解。再次問了一句，令人生厭的問題。

「那麼，……你爲什麼要開槍射殺女孩？」

太麻煩了。

又要解釋。

又要說明。

同樣的問題一再地翻攪，憤怒瞬間湧了上來，我嘔氣的說：「哈——竟然大家那麼想知道答案，我乾脆告訴你們，省得大家問東問西。」

送羊奶的表情異常專注，連頭髮也翹了起來，聽不出我在開玩笑。

「大家都很期待答案。」

「簡單來說，我是真正的受害者。我可是被迫待在農舍呢。當然，整天待在農舍，無聊透頂時，難道我就不能深入故事，探訪實地，親眼目睹我所創造的人物嗎？你知道嗎？當藝術家親眼看見自己的孩子時，這一切是多麼令人感動啊！」

送羊奶的十分驚訝，手心激動地朝下，身體往前傾，瞪大眼睛。

「太不可思議了！這麼說來，你能自由穿梭故事嗎？」他語氣增強。

我扭動鼻子，翹著腿，又說：「當初決定寫奇幻小說，若沒有自由穿梭故事的能力，那就太遜啦。總之，在奇幻故事中，什麼都有可能，什麼都是真的，也可能什麼都是假的。」

此刻的我，若不做點哄騙人的事，恐怕無法得到他的尊重。

「但你開槍射殺女孩，那是犯罪啊！」

我臉帶不屑。「哼！說那什麼話！把我囚禁在農舍，整天逼迫我寫下故事的傢伙，難道就是聖人嗎？說到底，我也是個會生氣會受傷而且活生生的人啊。但我們生來就是罪人！我們生來就是罪人啊！」

「抱歉，」送羊奶大哥說：「唔，在我來之前，你喝了奶酪酒，對嗎？」

「喝了一點點。」我攤攤手，氣力全失。

「酒後不適合開夜車，最好別再喝酒，這是一種善意的忠告。」

我揮揮手，明白他的意思。他要我保持頭腦清醒，別光靠酒精創作故事。

「那麼我知道了。我會幫你保密。若他們眞的找上門，請永遠也不要承認，那麼一來，事情就不會成立，你也不會被帶離農舍。」送羊奶的沉默下去。這時我開始後悔，不敢相信自己竟然意氣用事，把罪名全往身上攬。現在可好了，眞的成了一位罪犯。

臨走前，送羊奶露出憂心的眼神。「俄國大文豪，杜私妥夫也司機也是被囚禁，才能寫出卡拉卡拉雞兄弟。」

他這麼說時，我尷尬的笑著。一點也沒有開心的感覺。我只是想逃離農舍，像十八世紀的吸血鬼爵士般到處旅行，而不是成爲大文豪。

最後他建議我用一張桌巾將印有追捕單的桌子蓋住，以免被人發現。

我告訴他竟然要藏，不如毀掉。這是最好的解決方法。

7. 愛的可能性

「喂！胖子！」一大早 Stray girl 大喊，彷彿恢復往常的熱情。此刻，胖子如同冬眠中醒來的熊，揉揉眼睛，望著周遭。

「啊。怎、怎麼了。妳要吃嗎？」胖子遞給她一塊檸檬塔。

「吃這個要付錢吧？」Stray girl 說：「當你的朋友，檸檬塔有優待嗎？」

「當胖子的朋友，吃東西不用錢。」

當胖子的朋友，吃東西不用付錢，**Stray girl** 在心底重複一次。女孩要了一塊。兩個人津津有味吃著瘦子辛辛苦苦烤好的檸檬塔。

一台監視錄影機在牆角關注著大家。現在女孩盯著它，思考胖子曾提過的事。

「你上次說攝影機怎麼了？」

「是監視器。每天晚上，瘦子都會檢查監視器，」胖子說：「正因爲如此，上次的槍擊事件，瘦子已經送到警方那邊辨識犯槍擊犯，現在正展開搜捕，這點妳不必擔心，……」

「搜捕？沒那麼嚴重吧。更何況我沒受傷，沒那必要呀！」

「是傑打電話來，堅持這麼做。」胖子說：「傑說，小鎮是世界上重要的小鎮，不是普通的小鎮，誰的生命受到威脅，什麼原因，其中牽涉的事情都有必要詳細調查。這是他身爲協調師的職責。畢竟小鎮中的每個人都非常重要，少一個都不行。」

「好吧，反正是警察的事。」Stray girl 說：「我想問的是，你上次說，瘦子每天都會檢查攝影機，對嗎？每天晚上檢查，沒有一天不檢查嗎？」

「是監視器。瘦子確實每天檢查，日復一日，相當勤勞啊。」胖子說：「不過妳振作起來了嗎？像回到剛開始認識那樣，……」

「不得不振作啊。」

「太好了，我以爲失去朋友呢。」

「我們約定過，別擔心，但如果我將來離開的話，請你也繼續用這樣的心，一直想念我，祈禱我路上平安。」

胖子吃著檸檬塔，心感到酸酸的，接著說：「嘿，我的朋友，妳的心有踩過檸檬嗎？不曉得爲什麼，最近好像有人把檸檬亂丟。」

「這種事啊。嘻嘻。到底是誰？這麼可惡的事，我不知道噢。」

兩個人又像往常般聊天，直到太陽下山。

這一天，掌舵沒有淹水。

這一天，小鎮沒有淹水。

這一天，衣服躺在竹竿上，沫浴在陽光下。

這天晚上，Stray girl 沒有等瘦子下班，老早就到鎮上逛街。她之所以變化這麼大是因爲她不能再等。這麼一直等下去，或是傷心下去，或是愛下去，小鎮遲早會變成淹水城。她自己知道。而且確實有那樣的能力。

她的父母正是掌管海域的海之眷侶，但奇怪的是，自己並沒有在海中成長，而是被丟在陸地獨自生活。至於父母什麼原因把她拋棄，讓她的生活變得困難呢？這一點，她不清楚。只知道每個大人或多或少都有他們自己的難題，而她來到世界上，必須好好的活下去，才不會辜負父母相愛的成果。

而那記槍聲讓她驚醒過來，決定爲自己做點什麼。也就是爲了自己的愛，做點什麼。若是這樣死去，一定會枉費來到世界上，可以擁有「愛的可能性」。

那個夜晚，Stray girl 在地下街找到一間二手色情錄影帶店，在裡頭買了兩本 PLAYBOY 雜誌和一張性愛光碟，並在店內的拍貼機留下一張醜陋的大頭照，接著就回到旅館休息。

隔天一早，她坐在櫃檯上與胖子聊天。這一次，她清楚知道，心不同了。現在的她無比自信，人生充滿著愛的可能性，而她必須替自己做點什麼，才有可能得到愛。

滿懷期待，內心忐忑不安，因此胖子說了什麼，她都沒在聽，注意力放在天花板的監視器上，直到下午三點鐘，她突然叫住胖子。

「喂！這裡有梯子嗎？」

胖子當時正在偷睡覺，一聽到聲音，緩緩地甦醒，慢慢的說話。「啊、這、種、事、得、問、蘇、易。對了，妳剛剛在做什麼？發呆嗎？」

「啊。」她的腦袋可全裝著另一個人呢。但是得做點什麼，才有可能將那個人變成現實。就像施魔法一般，得做點儀式或施咒，才會發生改變。若一直沉默下去，事情永遠不會改變。

「蘇易在樓上修、梯、子。」

「梯子壞了嗎？」

「抱歉，說、錯、了。她在樓上修、水、管。梯子在、樓、上。」

「蘇易？老太婆爲什麼自己到那麼高的地方修水管呢？有點危險喏。」

胖子此時完全恢復清醒，摸著撐大的肚子，然後打了一個嗝。

「約不到水電工。附近的水電工最近忙不過來，四處去別人家中清理水管，根本沒時間來我們這邊，所以蘇易自己下海了。妳知道嗎？老太婆可眞厲害呢，上山下海，什麼都會做。」

「那樓上的水管修好了嗎？」

「大致上修好了。」

Stray girl 突然義正嚴詞的說：「那麼可以請您幫忙把梯子搬下來嗎？」

「您？」胖子感到奇怪，又說：「不用這麼客氣啊！」

「麻煩您了。」

胖子渾身不舒服。「將梯子搬下來是小事。」

「麻煩了。」Stray girl 說：「我的好朋友。」

「這麼看來，妳最近都不哭了啊？好像變了一個人似的。」

「暫時不會。有更重要的事。」

胖子露出微笑。「那麼我待會告訴蘇易，說妳、不、哭、了，決定站、起、來，做重、要的事，而且需要用到梯、子，這樣子，一、定、可、以、借到梯、子。」

「隨便您囉。」

幾分鐘後，胖子將長梯搬下來。

「能幫我擺在監視器下方嗎？」

「這邊嗎？」

「謝謝。」

「在這邊辦事嗎？」

「是的。我還需要一點隱私。可以請您將門關上嗎？」

「門？」胖子說：「但這個時間點關門，恐怕不太好。」

胖子猶豫了一會，然後說：「好吧！好吧！隨妳便，我跟瘦子說一聲就好了。他不會怪罪妳的，畢竟妳已經開始振作了。」Stray girl 對他點點頭。

拉下鐵門，店內一瞬間暗下來。胖子打開小燈，室內變得昏黃，接著他將長梯搬到監視器下方，又說：「這是最適合小、偷、辦、事的燈光噢。」

「可以請您先迴避一下嗎？」

「爲什麼？」

「私事。必須花點精力處理。」

「那我到二樓。」胖子說：「妳需要多久的時間？」

「半小時。」

「這件事得告訴蘇易。我說妳得處理私事，不得不將店內的大門拉上，希望我們體諒，好嗎？」

「隨您開心囉。」

「瘦子在廚房會看見沒關係嗎？」

「咦？他今天不在啊。」

胖子糊塗地說：「好像是。去修電視了。」

「眞幸運。」

然後胖子離開了。

昏暗的空間中，能聽見 Stray girl 微弱的呼吸聲，以及強烈的心跳聲。
接下來 Stray girl 拿著紙袋，一步一步踏上梯子。
然後 Stray girl 在監視器鏡頭前，無厘頭的擺弄表情。

Stray girl 搞怪。
Stray girl 哀傷。
Stray girl 幸福。
Stray girl 開心。
Stray girl 生氣。
Stray girl 裝可愛。
Stray girl 裝乖。
Stray girl 無奈。
最後她從紙袋中拿出 PLAYBOY 雜誌，對準監視器翻開 PLAYBOY 雜誌。
翻開 PLAYBOY 的裸體女人照。
翻開 PLAYBOY 的裸體男人照。
翻開 PLAYBOY 的裸體男人女人照。

翻開 PLAYBOY 的裸體女女照。

翻開 PLAYBOY 的裸體男男照。

完事後，Stray girl 走下梯子，拉開鐵門，離開掌舵。

當天晚上，Stray girl 做了一個夢，——她夢見自己走進瘦子的廚房，在充滿麵粉味和一片迷茫的白霧中，看見瘦子的身影。

她看見自己就站在他的後方，試圖碰他的背。只差 0.1 公分的距離，她的手就碰到他的肩膀。可是不知怎麼地，中間彷彿隔了一道牆，阻隔著彼此。怎麼樣也沒辦法碰到瘦子的身體。突然間，大水淹進廚房，她在水中游泳，臉像河豚般害羞地鼓起來，卻看見瘦子被沖到好遠好遠的地方。

8. 羊蹄爾森跟著雨水走

羊蹄爾森下山後，一路跟著雨水冒險。哪邊下雨，他就往哪邊前進，一路經過城市、西部小鎮、大蘋果、阿拉伯世界、環球影城、東京鐵塔、地海領土，換過各種交通工具，思考過各種人生的可能，但全被他打回票了。

年輕、熱情、狂傲、自大種種特質在他的身上發光，因此他可以流浪，像個鬼魂似的穿梭在人群中。早期他聽說，十八世紀的吸血鬼也喜歡到處旅行，假如眞有一天，有幸能與吸血鬼伴遊世界，那實在酷斃極了。

放眼望去，一切都是如此的嶄新及充滿希望。他試著保有那份感動，深知遲早有一天，他還是得回家，繼承家族的牧羊事業，過一輩子的放羊生活。但現在那些都暫時拋到腦後，好好享受眼前的大好人生吧！

現在雨下在前方，就不再下了。他跟著雨水走進一座小鎭，看著關門的掌舵，尚未拿定主意。招牌上寫，營業時間：早上九點至晚上十點，永不休息。他有些懷疑，心想自己是不是忘了在門前大喊，芝麻開門、芝麻開門，所以門才緊緊關上，不接受上門喝咖啡的客人。

看來終點已到，得再等下一場雨。時間接近傍晚，他得在天黑前，找一間旅館住下，改天再來拜訪掌舵。這樣一決定後，他轉身離開，眼邊閃過一塊黑影。

但他一雙銳利的眼睛捕捉那東西，於是立刻轉身。

一隻黑貓正悠然地躺在門口的長椅上，雙腳裸開，露出肥大的肚子，完全不怕人。黑貓以極其專注的眼神盯著他，彷彿能夠與人溝通似的。

現在黑貓說話了——

你最好不要再去什麼地方冒險，回你的山，牧你的羊，孝順雙親，直至終老。你所做的一切都在浪費時間，對整個世界沒有幫助，更何況成天夢想冒險的人，最沒有產值了。聽見了吧，最沒有產值了！

這個世界需要的是能夠造福人群，帶來實質幫助的人，而不是像你這種自以爲經歷過幾趟冒險，就能捧著冒險故事過日子的人。

笑話。大家可都是在生活中努力實幹，求得一天溫飽啊。

笑話。哈哈。哈哈。

笑話。哈哈。

貓咪以極其詭異的笑臉盯著羊蹄爾森。

倘若不乖乖聽話，你即將遭遇的可是比大家都還悲慘的事。

是一場無止盡的恐怖夢魘啊！

接著貓咪轉身，跳上鐵門。像壁虎般在鐵門上走動後，從似乎是縫隙的洞孔中鑽進去。消失了。

就那樣消失了。

羊蹄爾森愣了一會，豎起神經，開始在鐵門上尋找縫隙。

但根本找不到任何縫隙。

9. 一卡皮箱女孩

地點是旅館房間。時間是清晨六點半。

Stray girl 脫掉馬甲和長筒馬靴，身體一絲不掛，只包著一件大衣，大喇喇地躺在床上。她的臉從大前天就想躲起來，一想到對瘦子做的那些事，心就像爬滿螞蟻般，甜甜又癢癢的。

但終究失敗了。瘦子沒有回應，沒有找來她，也沒有罵她，這一點，她是徹底的失敗。自己毫無魅力，既沒有 AV 女優的身材，也沒有一點女人味，整天橫衝直撞，活像個男人。

算了吧，反正從一開始，心就註定要傷心，淚水遲早要揮霍，現下完全沒有容身之地，也沒有留下來的必要，反正怎麼來就怎麼走。一做決定後，她立刻起身，從櫃子中抬出空皮箱，不急不徐地打開它，盯了大概一分鐘。

得先吃早餐再上路，空腹對身體不好。這麼告訴自己後，她閉上眼睛，就像往常那樣，只要想著心之嚮往，東西就會從世界的各個角落出現。這可不是阿拉丁神燈。這是我專屬的一卡空皮箱。現在她對著空皮箱大喊。

一份羅馬人的早餐！

一份羅馬人的早餐！

一份羅馬人的早餐！

雙手往空皮箱一伸，黑洞旋即出現。

一份羅馬人的早餐！

一份羅馬人的早餐！

我要一份羅馬人的早餐！

等她的雙手再次伸回來時，手上已經捧著一份羅馬人的早餐。

現在她開始吃羅馬人的早餐。多美好。可頌和義式咖啡。

有許多時刻，她就待在有陽光的窗戶旁，獨自享用美食，自言自語。是了，獨處久了，難免會有老毛病，但那又如何呢？瘦子不愛她。不會愛她。她的父母也丟下她。不愛她。因此她認定根本沒人會愛她。現在她更想躲進衣櫃內，拒絕見任何人，乾脆死了算了。各種念頭盤旋在腦海，嘴巴是一口可頌，一口咖啡，最後把肚子撐得好大一團。

此時此刻，手機鈴聲響了。

不可能，她獨身一人，不會有人打來，更何況昨晚她關機了。

繼續喝著咖啡，想著將來一定要到羅馬流浪，走進眞實的羅馬風景。

鈴聲繼續響。大概有三聲。

一直響。繼續響。

最後她接了起來，語氣很差。

「喂！你打錯電話了。」

電話中傳來一陣咳嗽聲，然後說：「哎喲喲，我正在找妳呢。」

「剛剛說過，你打錯電話！」

「不可能啊。我就在找妳。妳是 Stray girl，聽聲音語氣都是妳嘛。」男人說：「我知道妳不想接電話，但老朋友請吃飯，總得賞個臉。」

她喉頭哽住。「老朋友？」

「是吧。妳忘了我？當然，畢竟我們不是太老的朋友啊。今天一起吃麵吧。麵館在妳住的旅館轉兩個街角就到了。很近，不遠。距離中午還有一陣子，沒關係，我等妳，希望妳早餐吃得好，但別吃太飽，中午就讓我好好請客吧。」

一說完話，男人唐突地掛上電話，留下錯愕的她。

幾乎是一股魔力，Stray girl 深深地被那吸引過去。在這個迷茫的時空中，出現了一名陌生男人，以極其熱情的態度，打算請我吃一頓飯。該怎麼辦？現在的自己站在風口邊，只要一跨出去，心就會像蒲公英般，隨著潮流，開始迷失。繼續前進才是方向，畢竟多年來，自己已經習慣獨身流浪了。

恐怕是來困住我的陷阱。

喝完最後一口咖啡。

是陷阱吧。一定是陷阱。
或是惡作劇。是惡作劇吧。
她根本沒老朋友啊。
像這種開玩笑的電話，最好不管，專注走前方的路就好了。
她站在鏡子前，戴上大波浪假髮和褐色墨鏡，像壞皇后對著魔鏡說話：

魔鏡啊魔鏡，這個世界上誰最美？
我知道，我知道，一定不是我。
我不適合當美女。
畢竟實在太麻煩了啊！
當美女既要打扮得美美的，也不能隨便說話，走路還得戰戰兢兢，生活繞著美和不美的事物，那樣活著，一定很辛苦吶！
不過我相信每個人都擁有幸福的可能。
好了，魔鏡啊，我已經好了。
雖然心情還沒完全恢復，但至少慢慢好了。
是不是美女無所謂，但像我這樣流浪的女孩多少也會碰上感情的關口。

但沒關係，我已經好了。

好得差不多了。

只要再三個夜晚，我就可以完全康復。

大家聽好，從今天開始，我是一、卡、皮、箱、女、孩。

大家好，我是一卡皮箱女孩。

從今天開始，我的名字叫做一卡皮箱女孩。

精神喊話結束，一卡皮箱女孩帶著一卡空皮箱走出門外，在櫃台結算房租，走出旅館。外面一片晴空萬里，此刻她彷彿重新活了過來。

但就在這時，電話又響了。

非常急迫地響著。

可以感受到對方非常著急。

於是她接起電話。

「喂！是我！妳的老朋友！」

「大哥，我不認識你，別這樣開玩笑，大家都很忙！」

「不忙不忙。抱歉，剛剛說得太快，我是怕妳不理我，想要瀟灑的離開小鎮。其實如果可以，我想約妳一起過今年的萬聖節，一起戴上南瓜頭，嚇嚇鎮民。很好玩喏。」男人咳咳嗽，又說：「但不可能吧。妳不可能待到那個時候，所以我才想，不如咱們一起吃頓飯。就是吃頓飯，沒那麼困難，對嗎？妳不會連吃一頓飯的時間也沒有吧？」

飯要吃，但不想跟你吃，她差點脫口而出。

「哎呀！妳千萬不要不想跟我吃飯。跟我吃飯，對妳日後有幫助的。人家說，江湖上混，多交一點朋友，多少有幫助。何況妳過去找不到人吃飯，現在有人約妳，妳要珍惜啦。哎呀！妳現在直接過來好了，我已經在餐館。很辛苦喏。一大早，爲了跟妳吃飯，已經在這裡排隊，好不容易等到座位，別讓我失望哪。」

電話掛斷了。

莫名其妙。

一卡皮箱女孩走到最近的路口，望著前方，還不曉得該往哪走。此時手機鈴聲再度響起。她拼命壓下關機鈕。並且確認眞的壓過了。早就壓過了。昨晚一次。第一通電話後一次。第二通電話後也一次。再三確認了。現在她拔下電池，將手機放進口袋，走過斑馬線，準備開始逃離。

若能連手機也丟掉多好。但最好別這麼做，手機是導航路線和聯繫旅館的最佳利器。總得確認自己正在往哪裡方向啊。大概走了三步，她有預感，手機會再度響起，乾脆停下腳步，聽著沉默的手機，等待著，終於鬆了一口氣。

但手機又響了。我的媽呀。哎喲喂呀。這是什麼鬼東西。

她快速接起電話，告訴對方：

我知道了！

我會去！

別再打來了！

裝潢是中國復古風，服務生穿著旗袍在餐館中走動。一卡皮箱女孩差點撞到端熱湯的老婦，還不知該往哪邊走，後頭就傳來聲音。

現在她坐在他的對面，想不起對方的名字。

「想吃什麼就點什麼，」老朋友說：「桌上的菜，夠我們吃了。」他笑了笑。「呵呵。妳還想不起來吧？那是當然了，我們上禮拜才第一次見面。」

「那你怎麼能說是老朋友？」

「哎，老的定義可不是看時間，更何況妳怎麼能確認我們是上禮拜才認識，其實啊，從我們出生前，早已當過好幾次的朋友了。」

一卡皮箱女孩沉默下來。「找我有什麼事？」

「做生意嘛。誠信兩個字，童叟無欺。答應客人的事，不管多久，我都會放在心上。」

「做生意？」

想起來了。眼前的男人叫打工仔。當初那兩本 PLAY BOY 雜誌就是在他店裡買的。不過她竟然忘得一乾二淨。此刻慢慢浮出水面。

是個寒夜，她記得。那晚她離開掌舵後，一個人在街上漫步，意外發現一間二手色情錄影帶店。打工仔一看見她，馬上大方且熱情的介紹自己和商品，並且帶她繞了一圈。她對那感到羞赧，畢竟那是她頭一次走進二手色情店。

「喂喂喂！妳有沒有聽我說話？」

她點點頭，接著又陷入回憶。印象中，打工仔從一開始就不停的說話。現在如此。過去也如此。不過當初他究竟說過什麼？似乎是關於家族的事。

他說，……

……經營二手色情店完全出於意外，畢竟他書念得不好，又是獨生子，所以只好繼承家業，……但這並非家族的本業。

……父親以前是一位越南的米商，因經商失敗，欠下一大筆債。母親則是一名餃子攤販，每天辛苦的賣餃子，將所存下來的錢，全部投資到這間二手色情錄影帶店。是逼不得已的。當時。

當然剛開始還不太順，不過在第二年，開始經營網路生意後，每天都有來自國外的客人大量下訂單，……就這樣，爲了籌錢糊口，什麼不入流的行業都趴下去做，……等到幾年後，兩人從銀行走出來時，終於可以大聲的對著天空說：還完了！還完了！終、於、還、完、了！

那是什麼樣的喜悅呢？像是對著神明大喊似的。一邊感謝老天，一邊慶幸自己竟然可以撐過來……

打工仔在此停了一會，吞了一下口水，……

……爸爸臨終前說，他一輩子想靠正經的行業賺錢都失敗了，可是做這種不正經的行業，卻賺了一大筆錢。可笑哪！

……打工仔滔滔不絕地說話。

現在一卡皮箱女孩回過神，看著眼前的打工仔，仍然滔滔不絕地說話，簡直就像在趕火車似的，好像不這麼拼命講，一定會搭不上列車。

「總之，生活一切還好吧？」

「不算差。」

「剛剛我說了，這次吃飯見面一定要告訴妳。我是誠信商人，上次答應妳的事，還記得嗎？」

「啊？」

「沒關係，常有的事。做生意，客人是貴人，貴人多忘事也是常有的事。」打工仔笑了笑。「我沒受傷。我眞心跟妳交朋友。我若不想跟妳交朋友，我今天就不會來。」

「到底什麼事？」

「喏。就是上次。我一直猜中妳的想法。」

「確實如此，怎麼了？」

「天生的。這種事不能隨便說話。我可以聽見別人心底的聲音。」

「超能力？」

「從小就這樣子嗎？」

「苦死了。大家安靜的時候，還是聽得見聲音。有時候還會聽見別人的想法。對我的想法。簡直恐怖極了。你能想像嗎？一個人看著你笑，其實心底在咒罵你。人心變幻無窮，多麼恐怖啊。我是個單純的人，怎麼樣也無法接受這種事。畢竟有些人表面上微笑，其實笑裡藏刀。恐怖呢。」

「還眞辛苦。」

「不過放在做生意上，挺好的。」

「那麼現在呢？你聽得見我內心的想法？」

「像今天這樣面對面，我什麼也聽不見。」

「爲什麼？」

「心噗通噗通的，聲音很大。」

「是因爲第一次跟我吃飯嗎？」

打工仔點點頭。「對了，妳拿著皮箱，要去哪邊？」

「打算離開這邊，到下一個城鎭。沒有具體的地點，但就是一直走。」

「哇。浪漫極了。酷斃了。」打工仔說：「我羨慕妳。像我就走不開。不過想走的時候，身上只要有錢，一切就沒問題。」

「你得顧店。小老闆。」

「那種店其實只要找個專門打零工的人就行了。是我自己的問題。」

「嗯。」

「不好意思，這方面我還做不到。」

「嗯。」

「下次吧。下回吃飯再聊。到那個時候一定可以。」打工仔說：「不過妳似乎不用擔心太多事，只要帶著輕輕的心就可以了。」

「輕輕？」一卡皮箱女孩說：「頭一回聽見有人這麼形容。」

「嗯，心會選擇住的地方喏。妳沒聽過吧？」

一卡皮箱女孩搖搖頭。「說說看？」

「除了頭腦會說話外，心也會說話。」

「眞的？」

「我是誠信商人啊，童叟無欺。好，交妳一個朋友，告訴妳。」

「倘若心靠近嘈雜的事物，自然就沒辦法好好的睡覺。」

「有這種事？」

「所以啦，我做人單純，喜歡一個人就會直說。像今天這場飯局，我看著妳才能夠確認一些事情，現在終於可以確定，——其實我沒有不喜歡妳，只是不知道適不適合啊，……」

一卡皮箱女孩突然語塞。

「不過妳要走了，留著人也沒用。」

「妳從以前就這樣嗎？」

「什麼？」

「不擅長表達情感。」

「啊？」

「那天妳離開的時候，我看見背後有一團黑影正在追妳。」

一卡皮箱女孩瞪大眼睛。「從來沒有人看過它，可是你卻看見了。」

「眞可惜，頻率對上了，卻太遲。妳要走。妳眞的要走嗎？」

一卡皮箱女孩堅定的點頭，在心中嘆息。眞可惜。如果前陣子是留給打工仔，那麼此刻兩人已經在愛中翻滾。

「總之，打工仔先生，謝謝你約我吃這一頓飯，也謝謝你告訴我你喜歡我。這對我來說非常重要，畢竟有好長一段時間，我想就這樣孤獨地過下去。因爲沒人會愛這樣的我。像這樣必須不斷逃跑的人，怎麼可能會有人愛呢？」

一說完話，一卡皮箱女孩將手邊的飯菜快速吃完，安靜地放下碗筷，並且禮貌性地向打工仔道別，隨後就抓起她的皮箱，直直走出大門。

打工仔一時之間反應不過來，情急之下，破口大喊：「喂！就這樣嗎？我們兩個之間？就這樣玩完了嗎？我還沒對妳的一輩子負責呢！」

10. 兩人的分叉路

一卡皮箱女孩步出餐館後，只是直走，不轉彎。

她重新裝上電池，手機開機，打開導航，確認自己的所在地。

手沾了一下舌頭，舉在空中。風啊，飛吧。告訴我該往哪走。飛吧。

突然一股狂風夾雜著泥沙，開始在空中盤旋飛舞。她盯著眼前暗示命運的徵兆，尚未理清頭緒。有許多時候，她希望就此隨風消散，不再存在世上。但那不可能吧。還是有必須處理的人際關係和未知使命啊。這樣想著死，心雖然非常痛快，卻不是長久之計。

現在她走到分叉路口，看見一名同樣在選擇道路的青少年。她打定，那名孩子往哪兒走，她就選另一條路走。現在那名青少年站在一塊破招牌下，想盡辦法看清楚上面的字跡，但「指標」已幾近模糊。那名青少年想，是右方吧。城堡的方向是往右走。他不大確定，一股直覺降下來，告訴他應該那樣走。

那就走吧，沒什麼好怕的，青少年想。

是左方，一卡皮箱女孩確定青少年的路後，她往左方走去。

兩人的影子就此往分開。

遠方的城堡一片風光明媚，無聲地安在山上，彷彿未曾騷動。
暗地裡的黑貓正在竊笑，等待一齣好戲上演。
現在名爲羊蹄爾森的青少年踏上城堡的冒險旅程。
哎喲喲，像這種魯莽的決定，根本無法辨識前方對生命的威脅啊。
但不管了，走吧走吧，一步一步走。
一直走到城堡山腳邊時，他看見一些新的痕跡，於是蹲下來確認。這些是不久前才留下的車輪痕跡。
幸運，他心想。只要沿著清晰的車痕走，絕對能抵達城堡。
羊蹄爾森把這視爲一連串好運的徵兆，忘卻黑貓的忠告。
故事的枝葉緩緩生長，就這麼進行著。
來吧！來聽歌吧！
交響樂。德弗扎克。
新世界交響曲第四樂章。

昂起腳步！
抬起頭來！
展開冒險！

一腳接一腳！
貓腳印在後頭！
年輕人忘了貓的忠告！
胸中充滿信心！

11. 導演的來信

先開車往城堡的人是卡夫卡。

此刻，他一邊眺望著前方的迷霧，一邊思考著。

自己究竟與電影的距離多近？他至今仍難以釐清。現實生活中，他既不追求如電影般的虛幻本質，也沒有思考過工作與電影的可能性，周遭的人與電影扯不上關係。這樣的他，有一天卻收到導演的來信。

您好，卡夫卡先生：

親聞您的大名，希望能與您合作一案。但因個人因素，目前我無法在陽光下進行拍攝活動，於是決定運用「夢幻泡影法」，將演員及場景分開製作，但前提是，我們得找到一位優秀且觀察力敏銳的場景勘查師，以利後續拍攝。

來吧！爲之興奮的靈光一現，讓我們永遠沉浸在電影的魔法中！

電影是一場永生的鄉愁。

這是死去後也應該爲之努力保護的東西。

費里尼敬啓

大概重讀了三遍，確認不是自己眼花，或在夢中，只是隱約記得費里尼是個頑固的胖老頭，拍攝前期經常縝密的規劃，擁有大量的繪圖手稿與絕佳的藝術才能，而身爲無名小卒的他竟然被選中，成爲電影團隊中的一員。

自己只是個平凡的建築繪圖師，領著一般的薪水，過著漫無目標的生活，如今事情卻找上門來。

此刻，卡夫卡在廚房審視一切。首先，他打開櫥櫃，打開冰箱，打開洗手槽，確認一切無誤後，走到門外信箱，再次查看信件，走回房間，尋找不對勁的東西，然後上床睡覺。

那一天睡覺，他的思緒飛來許多想法。

這難道也是老太婆的魔法嗎？

不，回歸現實，是惡作劇吧。

那個大胖子可是逝世了將近25年啊。

不過究竟是誰膽敢欺負帶有詛咒性名字的卡夫卡。

好大的膽子啊。

是玩笑吧。是惡作劇。別了吧。

他從床上起身，摸黑打開碎紙機，並將信紙放進去。

這麼一來，事情就石沉大海了。

接下來的日子，卡夫卡照常過生活，讓一切回歸寧靜。

卡夫卡照樣打卡上班，說的話依然是那麼少，該做的事依然不變，上下班的路線就如同穩定的列車航班。

三天後，他發現銀行裡的存款多了一筆金額，足以買下一整組「幸福海鷗沙發」。那一刻，他快樂的不得了。

那組沙發放在他的待購買清單中已滿三年。根據商品說明，那是一組只要躺上去，就能同海鷗般飛翔，一邊感受到輕拂的微風，一邊沐浴在挪威海灣的陽光中，偶爾還能聞到海水味。值得一提的是，海鷗沙發在全球只限量兩組，它的沙發皮是由兩萬隻快樂死去的海鷗羽毛精心製成，全球再也找不到那麼多隻快樂的海鷗願意成爲沙發皮，因此他非常心動。非常心動。好幾次下了訂單卻又退縮，畢竟價錢實在太昂貴了。

卡夫卡只是一個上班族，他根本無法負擔昂貴的海鷗沙發。

然而此刻，存款放著一筆好大的金額，於是他想也沒想，馬上下了一張海鷗沙發訂單，完全接受費里尼的安排。

太好了！人生遇到轉機，心願得以滿足，生活品質得以提升，沒有什麼比這件事更讓人快樂了！幸福就要開始擁抱他了，卡夫卡心想。

心情十分愉悅。

現在卡夫卡轉了三個彎。

前方的霧已經變薄，能看見城堡的模樣。

只要一完成這次的勘查工作，他就能躺在夢寐已久的海鷗沙發上。一邊想，心情一邊飛揚起來，整個人充滿了無限的活力和快樂。

老天啊！祢待我不薄！愛死祢了！

老天啊！祢待我不薄！愛死祢了！

老天啊！祢待我不薄！愛死祢了！

老天啊！祢待我不薄！愛死祢了！

老天啊！祢待我不薄！愛死祢了！

第一部「奇幻世界的必要條件」完

第二部

桑德斯畫像

1. 打工仔的偏差行為

打工仔駕駛著私人飛機在空中移動。時速是300km / hr。他戴著護目鏡，上推手把，下壓離合器，使勁甩開那份渴望愛人的心。

無庸置疑，打工仔強烈地迷戀著一卡皮箱女孩，並且逐漸轉化爲愛。在那之後的每天，一卡皮箱女孩的身影任意地進出他的腦袋：女孩走進店內擔驚受怕的模樣、女孩露出對色情影片的羞澀不安、甚至是女孩漫不在乎的姿態，這一切的一切都牢牢地記在他的心上。

擁著高漲的情緒，打工仔一路順風，往左方急速飛下，任由強風打壞機身平衡。此刻，機身搖搖欲墜，承受著極大的壓力。一聲碰。二聲碰。砰砰砰砰！砰！

想死嗎，他自言自語。

機身偏離軌道，時速越來越快，穿破重重雲層。

一朵雲兩朵雲三朵雲四朵雲五朵雲。

最後他放棄，鬆開離合器，像一隻飢餓的老鷹盤旋在山谷邊。

打工仔鬆開安全帶，破開機門，拿下護目鏡，任由強風捏皺臉形。

想死嗎，他再次說了一次。

不。不想死。地面上還有要守護的人。這麼一想，他胸中鼓足勇氣，關上機門，緊抓降落傘包。一切確認完畢後，他壓下機艙後門，讓一百零一顆南瓜就此順風飛翔。

飛吧～飛吧～飛吧～

飛吧～飛吧～飛吧～

飛吧～飛吧～飛吧～

一顆一顆南瓜不斷地向下滾落，彷彿笑容隕石。

滾吧～滾吧～滾吧～

滾吧～滾吧～滾吧～

滾吧～滾吧～滾吧～

這麼一做，壓在胸口上的重量，就會慢慢減輕。

打工仔的方式怪異又危險，但這是富家子弟的奢華任性。現在他摸著自己的心，告訴自己，就算擁有一顆渴望照顧女孩的心，也無法改變女孩不愛他的事實。暫時不愛他的事實。即使他擁著優異事業、昂貴別墅、私人飛機、巨額存款，甚至是一張姣好的黝黑臉蛋。

女孩走了。

走向她該去的路。

他唯一能做的就是守護她。

時間是早上十點五十八分，一百零一顆南瓜乘著強風，一顆一顆往下飛落。

每一顆南瓜都有它的故事。

現在故事砸向城堡角落，繁衍出故事枝芽，緩緩往外蔓延，只有懂得冒險的孩子才會發現這些秘密。

OK。南瓜掉落完畢。

打工仔關上機艙，一派輕鬆自如，接下來他繞著城堡飛行，並且發現不管從哪個方向看，城堡的一切都耐人尋味。

是封閉。

第一個印象是封閉。

城堡周邊完全被森林覆蓋，沒有任何道路，而且佇立著類似護城河的結構，但仔細一看，那僅是如水池般的短河道，牆就包在那外圍。更詭異的是，城堡老是給人一種上就是下，下就是上的感覺。

是錯覺嗎？還是從空中俯瞰的關係呢？

一切難以辨識。

2. 矮人的江湖手段

羊蹄爾森站在瞭望台上，看見遠方飛來球狀物。

若說那是隕石也不為過。

隕石飛落，這倒是頭一次碰上。不過那究竟是不是隕石，他無法確認。他幾乎無法保持專注力，畢竟有好長一段時間，矮人在他耳邊囉嗦著。

用對待觀光客的方式，對著他說話。

「本地山明水媚，從瞭望台看下去，能見到一座美麗的山城小鎮。」矮人說：「倘若您是為了遠離塵囂而來到此地，那麼就選對地方啦。這裡沒有山下的俗事擾人，來往的都是文人雅士。」

「文人雅士？」他再次確定這個詞。

「天氣晴朗的話，可以見到小鎮閃閃發亮，讓人充滿希望。」

希望？掌舵的老太婆告訴他城堡帶來希望，可現在城堡的矮人卻說反話。挺矛盾的。當初他踏上城堡，只是想確認城堡如何令人感到「希望」。

畢竟當初他遊走在小鎮間，放眼望去只看見絕望。

那是在他第二天抵達小鎮後的事了。

當時他走在一條漫天黃沙的街道上，看見人們活得相當悽慘，像是酒鬼在垃圾桶邊舔著酒瓶、女人在小巷間追逐著流浪漢、年輕人成天咬著花，想著如何捉弄別人的屁股。除此之外，他還看見一對叫聲悲慘且正準備交媾的狗。

當時，他問了老太婆三遍，她才肯回應。

「結紮了。狗。」

「爲什麼？」

「這裡的母狗都結紮了，所以公狗常常會發出那種叫聲。」

「聽起來很寂寞。」

「是嗎？不管啦，聽久了就會習慣。」

「眞怪。」

「不稀奇啊，你才奇怪。」老太婆繼續澆著花。

羊蹄爾森聳聳肩，看著狗兒露出牠那一根，想往母狗那邊插，過一會又縮進去。這原本是個有趣的畫面，可是當他聽見公狗哀哀叫的聲音，其實他笑不出來，卻有點想哭。說到底，這是個會讓年輕人感到絕望的地方。

這裡什麼都沒有。

有的是老人、流浪漢、酒鬼。

老女人、瘋女人、笨女人。

狗。老公狗。瘦皮狗。

以及「老」。

他還記得那天，老太婆進去後，過一會兒，又走出來，坐在長椅上，緊盯著山上看，眼睛既明亮又清澈，裡頭充滿著發光的東西。

「妳在看天空的烏雲嗎？」羊蹄爾森說：「快下雨了。」

「不。我不看那種東西。天氣是天氣。時代是時代。我是我。」

「什麼？」

「我在看城堡。」她過一會兒又說：「山上有一座城堡。」

「城堡？」

「起霧的時候，城堡會出現。」

「眞的會起霧嗎？」

老太婆搓搓手。「一定會，否則城堡透不出光。」

「什麼意思？」

「不知道。」

「城堡帶給我希望。」

就這樣。羊蹄爾森緊握雙拳，蓄勢待發，將冒險的腳步轉向城堡。

不過眞正抵達城堡時，他卻失望透頂。城堡不是城堡，竟然還附設餐廳、露營區、停車場、前庭噴水池及景觀收費台，而且導覽手冊上清楚標誌著各種設備及注意事項，失去了城堡的味道。

應該說是古堡。過去這裡是一座神秘的古堡。印象中，這是吸血鬼居住的地方，但現在弄得相當俗氣，那些具有高貴氣質的吸血鬼，根本不可能住進來。

他嘆了一口氣，打算離開，連夜下山。

但矮人緊抓著他。

這名又矮又小，眼睛突大，鼻子高聳，嘴唇深厚，耳朵尖刺，穿著筆挺西裝，說話油滑的傢伙，此時正萬分熱情的抓住他。

羊蹄爾森十分厭惡，抓緊背包，快步逃開。但矮人又跑了過來。

「新鮮空氣。」一邊在後頭追著他說。

「溫暖的陽光和藍天白雲。」矮人一邊誇張的比劃，一邊強而有力的說：「在山下，你絕對看不見這等景色。」

現在他擋在他面前。

「客人，您可以享有一整天慵懶的時光。」

「還有絕佳的小鎮夜景。」

「一整片刷亮天空的銀河、豐盛的晚餐饗宴。」

「以及男男女女的優雅音樂會。」

矮人的語言具有魔力，足以迷惑人心。羊蹄爾森揮走矮人，關上耳朵，但在他走了五步後，矮人開始大聲說話。

「費用及住宿地點沒問題的話，你還得答應我一個條件。」

「嗯？」他轉身看他，仍繼續往前走。

「那就是你絕對、絕對不能走進陽台閣樓的房間。」矮人似笑非笑的臉盯著他。空氣瞬間凝結。

羊蹄爾森止住腳步，張開耳朵，發出了聲音。

「哦？」

對一顆年輕叛逆的心，禁令絕對是一大誘因。

羊蹄爾森斜著眉毛，點點頭，開始專心聆聽，並且說他絕對不會走進陽台閣樓的房間。絕對。不會。

一股強烈的好奇心正撲向城堡。

美麗故事的開端，不一定是由吸血鬼開場。

好了，閉上眼睛，現在來聽歌吧。

西貝流士的《芬蘭頌》。

讓那放羊人讚頌音樂家。
讓牧場掉滿羊毛。
讓鮮草感受溫度。
不再受凍。
不再發抖。
抬頭一看，就是希望。

3. 農婦的邀約

羊蹄爾森入住城堡後，隔天一早他開始在大廳遊蕩。

大廳中央站著一名中年男人，他的臉形消瘦，穿著軍服，額頭還綁了一個頭罩式照明燈，全身裝備給人一種沉重的感覺。

「我要一把梯子。」男人說。

「卡夫卡先生，請問有什麼用途？」矮人說，一邊用手遮住眼睛。

「基本地形我已經勘查完畢，現在我想從大廳的紅毯階梯上方看下來，這樣的視角可以看清楚天花板的結構和花樣。」

「這個嘛，」矮人猶豫了一會。「恐怕會引起遊客的不滿，但若您堅持的話，我會多少通融一下，但您只能在清晨或夜晚工作。城堡有城堡的規定，一切都是爲了給遊客最好的度假品質，明白嗎？」

男人點頭。矮人凝視男人，用短短的手，試著將照明燈關掉。男人蹲下來，讓他這麼做。「抱歉，我沒注意到光線。」

矮人吭了一聲，然後說：「我會再配發一組不刺眼的照明燈給您。您剛剛那樣的方式，會傷到客人的眼睛。」

「眞是非常感謝。」

「一定要記得，白天您絕不能在大廳工作。」矮人說話十分恭敬。

「我明白了，一切遵照您的安排。」

一說完話，兩個人往不同的方向離開。

這一切羊蹄爾森都看在眼中，不曉得爲什麼，他突然對矮人升起一股厭惡感，之後就走進餐廳了。

餐廳的人潮熱絡，早餐美味豐盛，他在人群後方，夾了兩塊全麥吐司、一顆半熟蛋和燕麥粥，選定靠窗角落，準備享受早餐。不過當他咬下第三口吐司時，外頭傳來一陣喧嘩聲。一轉眼間，客人全跑光了。

他假裝鎮靜，咬了一口吐司，喝下熱燕麥粥，開始撥著蛋殼。外頭的人們驚呼連連，不停的談論狀況，後來他實在忍不住，乾脆走出餐廳。但當他走出餐廳時，剛剛那陣喧嘩聲瞬間安靜下來，傳來一名老婦沙啞的聲音。

「邊走邊吃眞難看，以前老頭也這樣呢。」

「規定上沒有寫，城堡內不能邊走邊吃！」他手上拿著半塊吐司。

「拜託。這是基本禮儀。人類的道德素養，」老婦說：「倘若再這麼率性隨意，有一天，車子一定會衝出山谷。」

「我不會開車，也不需要開車。」

「天哪。我遇到笨蛋了。」

「再見。」羊蹄爾森咬了一口吐司，轉身離開。

「喂！大家都去看南瓜，你別去啊。」

「南瓜？」

「是啊，南瓜從天上降落，有時候還有西瓜、苦瓜、冬瓜。」

吐司現在剩下一點點。「瓜類通常不會從天而降。」

「這是城堡的觀光噱頭。」老婦說：「有些人在這裡住上兩個月，就是爲了目睹這些時刻。」

「活著很無聊，總會發生令人吃驚的事。」

「那是他們太無聊。」老婦說：「所以你就別去，陪我走一走幸福紅毯，保證比看南瓜還過癮，你願意嗎？」

「噢，我們不熟呢。那種問法好像在向人求婚。」

「年輕人，你想太多。老婦過馬路，你不會好心的扶她一程嗎？」

「少用道德綁架我。」

「如果你有好心腸，你就能遇到好事。美好的事。」

「我才不信！那多無聊！」

「不聽老太婆的話，你會走上歪路。」

「我無所謂。」

「吃完你的吐司，陪我走一走。」

「眞討厭哩！」

挨不過老婦的請求，羊蹄爾森最後照做了。

就這樣。兩人開始像祖孫般走在紅毯上。

當兩人走過幸福紅毯時，羊蹄爾森的心卻慢慢沉靜下來，他發現一種前所未有的幸福感正包圍著他。在陽光的浸染下，老婦既溫柔又可愛，臉上漾著靦腆的笑容，彷彿正在回味當年的幸福時光。

風輕輕吹拂她的臉。

吹動她的白髮。

吹胖她粉紅色的心。

羊蹄爾森恍若看見一名正在戀愛的女孩。

媽呀！一個老太婆竟然能那麼美啊，他在心中吶喊。

兩人逐步走向二樓，打開通往陽台閣樓的門。就在此時，雨潑在他的臉上，剛剛的幸福感突然幻滅。她鬆開他的手，什麼也沒說便溜下樓。羊蹄爾森愣住了，困在一陣迷茫的白光中。這時，老婦傳來聲音。

「你不能將梯子放在紅毯中央！」老婦像螞蟻背著熱鍋，一路往下爬。

「抱歉，矮人有提醒我，但是白天跟晚上的光線是不一樣的。」

「你的私事與我無關，梯子得搬走。」

之後，兩人吵得不可開交。

羊蹄爾森待在二樓，心底一陣空蕩，再次將腳跨進白光中。這時，雨停了。他靠向外牆，放眼一望，開始驚呼連連。

眼前是一塊威尼斯風景，底下設了城河及綠林。河上的船夫唱著歌，搖動著槳，從橋墩下划過來，與城堡上的他打招呼。

船夫非常熱情的向他打招呼。

他也像船夫打招呼，身體瞬間輕盈起來。好舒服。好快樂。

啊！我說啊！真是不得了啊！這座城堡雖然處處充滿世俗的味道，卻有許多可愛的地方，誰說一座古堡非得有吸血鬼才迷人，熱情的船夫也很有味道呢。

剎那間，尖叫聲劃破寧靜——

是女人。女人的聲音總是引人注意。這裡怎麼會有女人的叫聲呢？而且似乎是那種被誰囚禁在深處，急著求救的聲音。

頓時間，羊蹄爾森的英雄主義燃燒起來，一路順著聲音走過去，直抵走廊的另一端。那裡有一個房間。安靜的房間。神秘的房間。

羊蹄爾森打開門，門發出咿哦咿哦的聲音。

一等到門自動關上，各種吵雜的聲音隨之湧起。他踮著腳走路，不時回頭看向門。房子一會兒發出聊天聲，一會兒是轟隆隆的暴雨聲，又一會兒是手風琴聲。放眼望去，房間堆滿畫作。就在這時，尖叫的女人聲傳來了。

這次他確定聲音是從畫裡頭傳來。

他穿梭在各種畫作間，打算找出聲音，但沒多久，一幅畫吸引了他的眼球。

那是一副油畫。

畫中的左上方畫了一座城堡，站在城堡上的觀光客朝著船夫打招呼，而右下方是一座湖泊和橋墩。他忍住驚訝。這完全是剛剛的場景。而他自己就在畫中。

「模仿畫，」房間突然冒出一股聲音：「它很調皮。」

「調皮？」另一個聲音對著空中大喊。

「你對小孩太苛刻了，達文西。」女人說。

「哈囉。」羊蹄爾森在空中說話。

「她這個時候應該隨意塗鴉，而不是專注在風景畫。哈，那個觀光客，妳看看他的穿著。哈哈。看起來就是個窮光蛋的穿法。」

「你少用貴族的調調說話。」女人說：「眞可愛呢。」

「可愛？妳的形容詞少得可憐，這幾個禮拜來，妳不停用著同一個詞呢。可愛可愛。可愛是個難以捕捉的形容詞啊。」達文西說。

「我在這。」女人嘻嘻笑了幾聲。「你身後倒數第三幅畫。」

羊蹄爾森順著指示尋找，接著他看見一幅自然風光的畫作，——畫中有一條小河，前方游著五隻羽色飽滿的白鵝，旁邊則蓋了一間農舍，能聽見微弱的羊叫聲，而一名像是農婦的女人就在裡頭擠羊奶。現在畫中的農婦換了姿勢，向他打招呼。他再次忍住驚訝。

「哈！看看我們愚蠢的觀光客多可愛！」

「達文西！你不是說你忙得不得了嗎？繪畫、建築、數學、地理、光學，人類文明的進步等著你挖掘，哪來的閒工夫跟一個農婦瞎混呢！」農婦一說完，達文西發出哥嚕哥嚕哥嚕哥嚕的聲音。

那幅油畫是義大利文藝復興的畫風。農婦裸著背，紅著皮膚，在廚房走來走去。羊蹄爾森看不見她的臉，倒看見一個水桶般的身材。

「起疹子嗎？」

「啊。是啊。」她說：「現在我得曬曬棉被。」

農婦嘻嘻的笑。

「曬棉被？」

「這裡一年四季風和日麗，你來幫我，好嗎？」

「什麼？」

「棉被太重，你幫我扛。」她嬌羞地說：「需要曬棉被的時候。」

「啊。」

「你有女朋友嗎？」

「啊。」

「你喜歡我嗎？」農婦說：「你可以來參觀我的農舍。」

羊蹄爾森腦中一片空白。

「你不喜歡我嗎？」她失望的說。

羊蹄爾森對她談不上喜歡，但至少不討厭。

「好吧，我要怎麼到妳的農舍？」

「只要你願意就能進來啊。」

「是嗎？」他有點懷疑。

「你現在進不來，」她垂頭喪氣的說：「你不喜歡我，所以你進不來農舍。你看，我在這裡爲你準備了鮮羊奶和羊乳酪。你明天再來吧。」

羊蹄爾森不知所措，準備離開。

「嘿，小伙子，我沒對人說過，」她悄聲地說：「可能對你一見鍾情了。」

一說完話，農婦躲進壁櫥。

羊蹄爾森從未經驗於此，頓時間，他那顆年輕的心變得十分混亂。

4. 斷了氣

傍晚，斜陽照進餐廳，透出淡淡的哀傷。一個小女孩坐在隔壁，手拉著藍色氣球，盯著羊蹄爾森。

「你覺得城堡會出現穿著黑衣服的女巫嗎？」

羊蹄爾森抬頭，喉頭乾澀，保持沉默。

「女巫身上拿著一把蝙蝠雨傘，穿著一雙能印出鸚鵡腳印的高筒靴子，在雨天呼啦呼啦的唱歌和跳舞。對了，有誰敢跟女巫談戀愛嗎？」

結束晚餐後，羊蹄爾森走回房間，上床睡覺。隔天清晨，他擬定計畫，展現青少年的自信、自負和樂觀，接下來的幾天，他一邊僞裝成觀光客，一邊深入觀察閣樓。他發現當初與老婦爭吵的那名男人經常出現在他的視線內。他管他叫梯子人。那一陣子，他偶爾會在底下調侃他。

「嘿，我又來了。」

「我得工作，不能分心。別吵我！」

「一整晚工作不累嗎？你知道城堡的秘密嗎？」

「別問我，我不能抽身，得顧全大局，畢竟我是前奏，倘若我不好好處理，主旋律就進不來。」

「這麼嚴重嗎？」

「我壓力很大。」

「我想，很難用具體的結構描繪出城堡的古怪。」

「謝謝你，年輕人。我尊重你的意見。」

一說完話，他知道他不會再回話了。事實上，羊蹄爾森與梯子人閒聊只是計畫中的一部分，他想了解的是閣樓。他想知道自己那天是否做了白日夢？或者在閣樓中的一切只是他的幻覺？而這段時間內，他發現一件不尋常的事，——那就是閣樓老是進出不同的人，有時老農婦走進去，出來時卻是個年輕男人；有時女孩走進去，出來卻變成長鬍子大叔，而這一切的一切讓他相當著迷。起初，他以爲閣樓放著戲服，提供人們換裝，但這實在難以解釋爲何一名小孩走進去，出來時卻是大人的身材。

一想到此，興奮的血液立刻從頭部竄到腳底。這時，一個秘密的腳步聲走到他的背後，用力拍了他的肩膀。他嚇壞了。

「大驚小怪！」老婦說：「要有素質。這裡是餐廳。」

「請問您又有什麼事？」他口氣相當不耐煩。

「來，陪我說話。」

此刻，羊蹄爾森喝著南瓜濃湯，還來不及反應。老婦坐在他的對面，要求他專心聽他說話，只要他一分神，她就再次要求他。而這個動作讓羊蹄爾森慢慢回到現實。

「這是對人的尊重。說話要側耳傾聽，保持專注，展現紳士風範。你還年輕，得學習這件事，將來一定會討人喜歡。」

兩人天南地北地聊天，有時談了老婦過往的風流往事，有時談了城堡住戶的八卦，他在那其中像是海綿般，吸取了大量的資訊，直到聽見午夜的貓頭鷹叫聲，老婦才結束話題，走回房間睡覺。

「你也得睡，女人熬夜會變胖，最好準時上床睡覺。」

「掰。」

羊蹄爾森走回房間，盥洗後便躺在床上，但根本難以入睡。他滿腦子都是閣樓的事。尤其是農婦。只要他一想起她，心就變得混亂。一直到清晨五點，他依然失眠，於是起床，披著大衣，趁著大家熟睡時，溜進閣樓。

外頭一片昏暗，風微涼，所有人正在沉睡。

羊蹄爾森摸著一絲微弱的光線，走過大廳，躡手躡腳地爬上樓梯，並且在寒冷中推開閣樓房間，把自己關進去。

碰了一聲。他張開雙眼，期待著事情發生。

一剛開始，房間安靜無聲。當他跨出第三步時，聲音出現了。

「噢噢噢，我的老兄弟你又來了，大夥兒都在下賭注呢。」達文西說：「啊哈，我這顆聰明的腦袋會讓世世代代的人類尊敬我。我賺錢啦。我賺錢啦。」

「有一顆聰明的腦袋，卻老是讓鄰居憎恨他。這種人竟是世紀偉大的天才。我呸。難怪大家說天才惹人厭。我現在才知道。老天，誰來管管他。愛在哪裡？」

「哈囉，我第一次聽見你的聲音。有點熟悉呢。」

「我是唱歌的，約翰．藍儂。」

「噢？」

「這輩子你用這種方式遇見巨星啦。」約翰．藍儂說：「這可不是作夢。」

他在畫中拉長自己的臉，馬上又喊痛。

「咦？」

「我希望他能畫一百個甚至一千個我，在各種畫作中，散播愛。不只這裡，你瞧，我在希臘的海邊當流浪藝人。可笑嗎？我是一世紀的巨星。現在，這個地方，這個年代，大家都朝我丟石頭。哈。他們說我的音樂比天氣還糟。小歌迷，我現在有的是時間，簽名還是唱歌我都奉陪。」

突然房間中響起一陣敲門聲、開門聲、椅子聲，然後是一陣氣喘吁吁的聲音。一個大胖子走了進來，農舍瞬間變得相當窄。

「嗨，大肚子抽菸怪客。」達文西說：「這個傢伙上個世紀拍了一大堆奇怪的電影。人會飛呢。人在車陣中就那樣飛起來。人抓著氣球飛起來，你能想像嗎？這是他的夢。而他本人卻太胖，飛不起來。哈哈——。」

「我發誓，人會飛。我見過。在我的夢中。在我的夢中，人常常飛。」

「如果是見到鬼魂，那就沒錯。」達文西說。

「老天，他語氣一點也沒有愛。」約翰・藍儂說。

又是一陣開門聲。

「嗨，胖羅馬女人。」達文西說。

「我的天。他這樣說她。」大胖子抽菸怪客說：「嘿，小夥子。」

「嗨，我不認識你。」羊蹄爾森說。

「抱歉，我想先休息，待會還要工作。」抽菸怪客說：「人越老越想工作。但是已經不比從前。年輕時我腦袋常常閃來靈光。」

地上亂得不像話，農婦一走進門，火冒三丈。

「你們一群人在農婦的農舍鬼混，不羞恥嗎？」

「趕快滾！」

「唔，我才剛到農舍。」

「走就走！」約翰・藍儂說。

「哥嚕哥嚕哥嚕哥嚕。」達文西說。

「能讓我在農舍睡一覺嗎？」抽菸怪客說：「我得跟時間談談，它們消失到哪裡呢？以前我只要花半個小時，現在我卻要花大半天才到農舍。時間走得太快了。太快了。」

「親愛的費里尼先生，別太擔心，我們都會一直活下去。」

「不，最近我常常夢到自己在浮在空中。」

「人會飛是好事。」農婦說：「你可以到客人的房間休息。」

「是啊。人會飛是我的夢。我的夢要到另一個空間才能完成。」

一說完後，他肥大的身軀慢吞吞地走進房間。「二十分鐘後叫醒我。」

「那個，……抱歉，……」羊蹄爾森蹲在畫作前。

「噢嗨！你在這！」農婦說：「你突然來，嚇我一跳。我以爲你不來了。」

「是。啊。我沒裝扮。太失禮了。」

「沒關係，我也是睡衣。」

「那天晚上後，我夢見你。」農婦說：「夢到我們一起在農舍生活。」

「……我還沒準備好要見妳。」

「我已經準備好鮮羊奶和羊乳酪。」她羞澀地說：「你來不來都沒關係，我心意都在。對了，你叫我農婦就好。我代表成千上萬個農婦。但如果你認爲農婦粗鄙，那可就大錯特錯了。啊。年輕眞好。你挺可愛呢。有英挺的鼻子。眞想摸摸你的臉。」

「妳別一直背對我，我想看看妳的臉。」

「是嗎？你眞的願意看我？」農婦說：「我的臉飽受風霜，已經不再年輕。我怕你嫌棄我。」

「不。我想看看妳的臉。」

「下次吧。我得裝扮。我希望你看見我最美的時刻。」

兩人斷斷續續的說話。大概持續一陣子後，農婦突然大叫一聲。

「怎麼了？」

「費里尼。那個大胖子。我得叫他。已經過了二十五分鐘。」

「我等妳。」

農婦走進去，出來時臉上一陣懊惱，在羊蹄爾森面前來回走動。

「妳還好嗎？」

「好像斷了氣。」

「這是一部法國電影呢。」羊蹄爾森咯咯地笑著。

「我得打電話給達文西。」農婦說：「你明天再過來好嗎？我有急事要處理。抱歉，沒有好好招待你。」

一說完後，農婦開始打電話。

那一瞬間，他突然感到冷淡，摸著冷鼻子，走出房門。

陽光開始照亮閣樓。

5. 第七天

隔天的清晨五點，他同樣趁大家熟睡時，走上閣樓禁地。

這次一進門卻是安靜無聲。

「有人在嗎？」他輕聲的喊。

一陣哭聲突然從深處傳來。

「你來了，」約翰．藍儂說：「她可能需要你。」

「抱歉，讓你經歷這種事。不過你來的正是時候。我們根本不知道怎麼安慰她。她一直哭，說全是她的錯，……」

「發生什麼事？」羊蹄爾森坐在畫作前，撥開灰塵，看見畫框邊寫著「桑德斯畫像」。畫中的男人們正一籌莫展的坐著，而農婦則在桌上哭泣。

所有人等待著，直到農婦一邊擰著手帕一邊走到鍋爐前方，切了一顆紅蘿蔔，然後說：「可以讓我們談一談嗎？」

男人們看著彼此，聳了聳肩。

「她終於說話了，」約翰．藍儂說：「走吧，他們需要時間談一談。」

約翰．藍儂推著達文西，打算一起離開。

「哈，他們需要時間。比我們需要時間。我的天哪。」達文西說：「這世界最賺錢的商品是時間啊。賣、時、間。這會是個好生意，你覺得呢？」

又是一陣哥嚕哥嚕哥嚕哥嚕的聲音。

「親愛的，你沒有辜負我。」

「我來了。」

「你讓我期待每一天。」農婦一說完，又哭了起來。

「但是昨天……他走了……他什麼也沒說……就這樣離開了……早上他們把他搬走，葬在附近的番薯農地……他不會喜歡那個地方。啊！全是我的錯。我太晚叫醒他。」

羊蹄爾森試圖理解農婦的話，過了一會兒才終於明白。

「我猜，」羊蹄爾森說：「費里尼先生只是時間籌碼剛好用光。並不是真的離開。現在他已經到另一個地方。請節哀。」

「眞像山上的牧師。」她說：「說說別的。」

「妳今天好嗎？」一說完，他又把話收回去。「抱歉，我不太會講話。我不該問妳好不好。妳…不是很好……我有點擔心。」

……

……

……

「嗯。」農婦說：「怎麼樣都好，你來看我，我已經很開心。對了，他們說第七天時，他會回來，交代遺言，你相信這種事嗎？」

羊蹄爾森沉默著。兩人在空間中沉默著。

「這幾天我都會過來陪妳。」

突然間，畫作上的農婦竟然露出羞紅的臉。

接下來的六天，羊蹄爾森每天在清晨五點走進閣樓，在陽光照進閣樓時離開。兩人的關係一天比一天更深入彼此；每一天的每一天兩人都發現彼此見面的時間越來越短，越來越不夠用。

「是明天。明天他會回來。」農婦說。

「我們已經等他好久。他會回來的。」他摸著畫作中農婦的頭。

「明天，……你能陪我一整天嗎？」

「但是，……」羊蹄爾森難以啓齒。

「他們會把你帶走嗎？」

「噢，不。沒人管我。沒有人知道我在這邊。」

「城堡的人壞透了。上次還打算把我燒掉。他們說我像女巫。」

「女巫？不，怎麼可能，……」羊蹄爾森說：「你只是農婦。」

「城堡的人嘴巴很壞。」

最後，他答應她的請求。

第七天時，大家都到齊，坐在農婦家等待，但當天費里尼沒有出現。

羊蹄爾森累壞了，晚上早早就寢。

半夜時，費里尼出現在他的夢中。

不。他簡直是從床上驚醒過來，拼命打自己的臉。

費里尼不是在夢中出現，而是就站在他的面前。

此刻，他擁著一個大肚子，抽著菸，煙圈拼命吐出來。

「我其實想那樣就走了，……」是憂傷的語氣。「我覺得自己越來越老，……不年輕……我討厭自己老去……等死……幸好斷了氣，來到一個人會飛的空間。」

「嗨，我們有一面之緣。」

費里尼有些驚訝。「你對我這樣說。嗨，我們有一面之緣。是嗎？」

「你叫什麼名字？」

「羊蹄爾森。」

「現在幾點？」

「凌晨三點半。」

「年輕時最奢侈的一件事就是不會去注意時間。」費里尼說：「不像我，老是在意時間，得一直跟時間賽跑。」

「抱歉，費里尼先生，他們說你掛了。」

「我掛了不打緊。重要的是，我得傳承精神，將『人會飛』這個偉大的精神傳承下去。有一天，你會知道煎熬是最美妙的風景。」

「等等，我在說什麼？嘿，你壓根兒不曉得創作是什麼吧。」

「抱歉，我只是喜歡到處走一走。」

「遊蕩嗎？那也挺獨特的。年輕植物最終會成爲養分。」

「植物？」他無法立刻明白費里尼的話。

「啊哈，他們這樣說。誰知道。那些弄書的。把一堆美麗的文字擺在書的封面，這樣一來，大眾就會受到鼓舞，衝動購物。可惜書只是書。」

「我倒是不買書。」

「眞是奇怪的年輕人。」

「風景比書簡單多了。」他說：「我不愛看書。」

「自己經歷過的才眞實。嘿，我走過夢，你呢？」

「我走過路，常常迷路。」

他大笑。「小子，我喜歡你。」

他摸著他的大肚子，又開始拼命吐煙圈。「當你開始接受自己活在幻想的情境，你就不會只是想到處走一走，你會變得非常瘋狂。」

「我不管活在哪，這裡、那裡，或是幻想，我只想到處走一走。」

他大笑。「真是堅持。但我得傳承精神，你來幫我延續下去吧。」

「我可不行。」

「你看起來是個不負責的人。我不知道是否能相信你。」

「我……只是個路人。說實在的。」

「我不知道該找誰。」

他忽然嘆了一口氣。煙圈拼命吐。最後不停咳嗽。

「就是你了。幫幫忙。」

「你請找別人。我什麼都不會。」

「就是你了。別推託。」

突然間，費里尼大叫，……啊啊啊，他們又來催促我，要我減肥，還要我走快一點，我受不了，我要飛，人一但會飛，許多事就解決了……

……他媽的我最討厭人家催促我……可惜我只有一世紀的時間……完成人會飛這件事……現在終於實現……而這個代價居然……

費里尼的身影漸漸淡去，最後他的煙斗掉在地上。

羊蹄爾森撿起煙斗。

6. 費里尼的煙斗

煙斗摸起來又硬又冷。確實如此。剛剛是現實。並非夢境。

羊蹄爾森帶著煙斗，走下樓，在大廳中徘徊一陣子後，走到瞭望台。

銀河刷亮整片星空，他有浪漫的想像，打算在那底下釐清思緒，但到頭來發現滿腦子全是農婦的背影。

農婦嬌滴滴的聲音。

農婦害羞的模樣。

農婦胖嘟嘟的身材，抱起來一定非常舒服。

胖嘟嘟的。胖胖的。羊蹄爾森情不自禁的想像，瘋狂的想見她，無法再忍受虛幻。夢境費里尼達文西或從天上掉下來的南瓜。天哪。不管這一切了。

不管矮人的警告。

徹底忘記來城堡的初衷。

此刻，他腦中充滿混亂，充滿情緒。

哼！城堡會帶來希望？狗才相信。至於小鎮也就算了吧。那裡只有失去夢想與膽怯的人才會留下來。

至於他？像他這種渴望冒險的年輕人，應該不斷勇闖前方，一次次經驗生命、一次次體驗戀愛。

他瘋狂的迷戀她，那才是眞實的。

……所以他告訴費里尼。他只是喜歡到處走一走，並非違背他的本性。他有他年輕的狂妄與驕傲，畢竟哪個年輕人不這樣呢？

一個人追逐自己的幸福和理想是正確的，他告訴自己。

接著，他走回房間。

五點鐘時，他換下睡衣，煙斗藏進口袋，調整心態，開門走了出去。

他想見她。他迷戀她。他顧不了那麼多。他知道他們兩情相悅。

像往常般走上樓。一打開門，他馬上聽見嘈雜的聲音。顯然屋內送走哀傷後，已經回到原來的氛圍。現在他不該提費里尼的事。

「少年又來了。」約翰・藍儂說：「每當他一來，我們就得滾呢。」

「不，你們可以留下。」

「虛僞！達文西我們走吧。別一直喝酒。你對得起那些幾世紀來，崇拜你的知識份子嗎？哈——全是一些掉書袋的傢伙——」

「掉書袋，」達文西：「哈——對了，我們來看看他口袋裝什麼？」

「我？」羊蹄爾森說：「我口袋沒裝什麼。」

「拿出來吧。」

「嗯？」農婦說：「那是給我們的嗎？」

「這個。我本來不想提這件事。」

一根深灰色的煙斗攤在眾人面前。

「這是福爾摩斯的煙斗。」音樂人說：「去年他和華生來泡過茶，但最後急著離開，說什麼福爾摩斯先生要到瀑布和大壞蛋決一死戰。」

「嗯。」農婦說：「似乎是。我不大確定。已經很久沒見到他呢。」

「不，」達文西說：「你們搞錯了吧。那是大胖子的煙斗，……你們連他的煙斗都不記得長什麼樣子。你們應該在他生前多多關心他。」

「來不及了。」農婦說。

「但福爾摩斯先生的煙斗也長那樣。」約翰．藍儂說：「或許是同個牌子。」

達文西說：「年輕人，你爲什麼會有大胖子的煙斗？」

羊蹄爾森據實以告。

起初他們漫不經心地聽著，但到後來竟然面露難色。非常不高興。

「那個大胖子會把自己的招牌砸了。天哪。」

「人會飛的夢想，爲什麼要隨便交給愚蠢的觀光客？」達文西說。

「我不大懂費里尼的想法。」農婦說。

「不行，我們得問問他。得把他叫起來。」約翰・藍儂說：「他是一時頭腦混沌。他老是那樣，一找不到人，就隨便搪塞。電影也是，一不知道怎麼做，就把他的夢境隨意塡進電影中。大家都不知道，他只是滿口大話，怕老又怕胖的傢伙。我的天哪！」

一說完，這兩名男人彷彿一瞬間活了過來，匆匆離開農舍。

「你們要去哪？」農婦喊著他們的背影。「他現在可能被一群禿鷹吃光啦。」

「肉體死亡，精神不死。我們會問問山上的牧師，怎麼找回他的靈魂。一切會相安無事。等我們回來。」約翰・藍儂大喊。

又剩他們兩個人。

哥嚕哥嚕哥嚕哥嚕。

整間屋子現在只有一對男女。

愛情究竟是一種魔法。

周遭就此沉靜下來。兩人凝視彼此。許多美妙的旋律開始在空中飛舞。若說莫札特在此演奏一首長笛協奏曲也不足爲奇。

「嘿，你有聽見聲音嗎？」

他就此沉溺。

「沒聲音啊。」農婦打斷他的想像，他十分尷尬。

「你瘦了。在煩惱什麼？」

他摸著冰冷的畫作，看著畫中的農婦，藏不住心中的熱情。

「唔……」

「怎麼了？」

羊蹄爾森突然感到懦弱，一下子不曉得怎麼說話。

「你今天挺帥呢。」農婦說：「眞想摸摸你的胳膊。」

他何嘗不是。他想抱抱她。摸摸她的腰。但不可能實現。

「我對妳的要求太多了。」

農婦突然綻開謎樣的微笑。她頭一次在他面前露出潤紅的臉蛋。那是一張白皙的臉蛋，流露出一股如鵝般的溫柔。再仔細一看，農婦並不胖，只是豐腴。

兩人一見傾心。

突然間，農婦嘆了一聲氣。

「你似乎不夠愛我。」

「怎麼會呢，我想見妳。每天都想見妳。」

農婦走到櫥櫃，拿出一塊羊乳酪，背對著他。這陣沉默令羊蹄爾森相當難受，心立刻變得焦躁。

「我要怎麼進去？告訴我。」

「我不能告訴你，一切全憑你自己。」接著，農婦開始啜泣，畫作頓時間變得濕潤，上面的顏色慢慢地褪去。最後，農婦開了門，走進另一間農舍，裡頭的羊和小羊們發出羊咩咩的叫聲。

「你走吧，」農婦說：「我該工作了。」

一說完，農婦開始擠羊奶，任憑他怎麼喊叫，她都不再理會。

陽光像往常般照進閣樓。那道陽光本應該充滿希望，但此刻照在他身上，只曝露出他身上的失落和沮喪。

這到底是個古老的故事。

古老的故事有古老的魔法。而解開魔法的秘密就在人們的飯後閒談間。那裡通常能找到其中端倪。

可是羊蹄爾森是個孤獨的人，老愛獨自闖東闖西，一概拒絕旁人的意見。

現在他走到瞭望台。

7. 愛產生魔法

羊蹄爾森伸展懶腰，不斷反覆搓揉雙手。其實陽光已經照亮大地，但他仍感到寒冷，腦袋混沌。當然，事情很簡單，他可以抽掉房卡，付完錢，轉身下山，忘記城堡，忘記陽台閣樓，忘記那一群鬼魂。那到底是什麼東西啊。

可是他隱約知道，有一股謎樣的魔力正牽引著他，使他無法全憑意志行動。

「客人你住的滿意嗎？」

他覺得受到侵犯，不大搭理他，往旁邊走了過去。他跟上他。

「近期城堡推出的娛樂行程還滿意嗎？」矮人在空中大喊：「下半年城堡推出全新太陽馬戲團專案，不論是去年爆紅的跳舞河馬或是噴水火雞都會來到城堡演出，另外還有瘋狂的羅馬小姐假期，盡請期待。」

「羅馬小姐假期？」他以爲自己聽錯。

「如果有興趣，請參考我們需要提前預訂的優惠行程。」

是矮人。除了長不高外，說話還是沒長進，滿嘴商業行爲，只會弔客人胃口。

「我眞討厭你！」

「生命有喜有悲，」矮人向他鞠躬，並說：「謝謝你喜歡我。」

他又走到另一邊。他跟了上來。

「羅馬小姐假期是什麼？」他追問。

「正在安排。男主角還在浴室洗香香，不願露臉呢。」

火氣一把上來，他甩開矮人。

矮人簡直是跟屁蟲。

「客人，您要預買行程嗎？七折優惠！」

「五折！」

他直奔大廳。

「你到過陽台閣樓了嗎？」

他停下腳步。「什麼？」

「我看你老是心神不寧呢。」矮人說：「而且你跟老太婆挺親近呢。是親戚嗎？」

「她需要有人聽她說話。」羊蹄爾森突然大吼。

「特別投緣的樣子。兩個人走在一起像祖孫。眞好。」矮人說：「我的爺爺奶奶早就上天堂報到呢。你見過矮人住的天堂嗎？是那種高聳的洞穴，碰不到天花板哦。」

矮人在開玩笑。他束手無策。

「啊！對了，能不能請你告訴她年繳的房租即將到期，再續住一年可享六折優惠，另外謝謝她之前介紹的房客，讓我們的城堡增添許多樂趣，警察常常上來光顧呢。呵呵呵呵。請她不要再介紹房客上來。小孩子坐旋轉木馬會怕呢。」

「旋轉木馬？」

「是啊。他們常常在旋轉木馬附近打轉。不曉得爲什麼，他們喜歡到那邊逛逛。你沒到過遊樂區嗎？」

「哦。」他隨意回：「好像是。我忘了。」

「你心神不寧呢。」

「房租續約這種事，非得我來說嗎？」

「不說拉倒！不說算了！」矮人忽然變了個口氣，直接越過他，轉而又像條哈巴狗般，笑著招呼剛抵達的觀光客。

羊蹄爾森感到錯愕，只是落寞地走回房間。

那一晚，他早早上床睡覺。

三點半一到，費里尼又來找他。

這次他凝視著他，滿臉疑惑。

「拿回煙斗嗎？上次你掉的。」他將煙斗交到他手上，但煙斗與他的身影疊合在一起。他是透明的。

那是鬼魂，他可以確認。

「別管太多，我是來告訴你『傳承』這件事。」

「他們去找你呢。」

「年輕人，」他說：「你最近常常忘神嗎？」

「啊。」

「我在跟你說話呢。你自己沒察覺嗎？」費里尼熱情地大喊。

「我剛剛講好多話，你壓根兒聽不進去。」他說：「年輕人，我看你挺憂傷的，陷入戀愛嗎？」他拍了拍自己的頭。「該不會是農婦？我的天哪。我早該猜到，……若是如此，我不大確定自己應該交給你，農婦是個蠢貨呢。」

「人會飛的夢想屬於自由的人。」

「我不想知道，」羊蹄爾森說：「煙斗你拿回去吧！我煩得很。」

「身上太多包袱，恐怕飛不起來。」

「我的天哪，究竟發生什麼事，」羊蹄爾森說：「睜眼閉眼都是她的影子。」

「啊哈？」費里尼睜大眼睛，開始在房間中繞來繞去。「告訴我吧？我的天，難道眞的是農婦？」

「我爲什麼會這樣呢？」羊蹄爾森懊惱地說：「我根本不認識她阿！」

「嘿，不認識？你知道嗎？要是我，我就去試試看。早期我經過羅馬城裡的古代帝王雕像，常會想去摸他們的腳趾頭，不過最後都忍下來了。」

「爲什麼?」

「我擔心他們可能怕癢。」

「這跟我提的事情，有什麼關聯?」

「年輕人，你在擔心什麼?」

「我擔心自己不夠愛她，而她不會愛我。」

「那是愛嗎?你們根本不認識啊!不過若那是你心中的渴望，朋友啊，你得去試試看，一試再試，直到精疲力竭。」他說:「啊!我有點懷念做夢的日子呢。朋友，我與你同在!」

一說完，他東張西望，露出驚恐的臉，身體前後扭動。

……啊……他們又來催我。要我減肥。天曉得胖子最不愛減肥和運動。一天要喝太多水，要吃太少食物，讓油脂啊、贅肉啊通通滾回去……

……一邊說，他身影一邊消失，最後不見蹤影……

羊蹄爾森大概心中有個底，就是鬼魂的看守員把他抓回去了。

但費里尼究竟是不是鬼魂，他還無法斷定，畢竟他是從畫中跳出來的東西。該稱爲東西嗎?他不確定。有時他會以爲那是幻覺，現在煙斗又重回他的手上，那煙斗似乎也充滿一股魔力，使人感到衝動、正向，甚至是充滿勇氣，沒過多久，羊蹄爾森的胸中漲滿了勇氣，走向不可測的未來，……

當天清晨五點，他再次踏上幸福紅毯，再次看見立在中央的梯子。在一片寧靜中，一根槌子突然重重地落在地上，人從梯子上面走下來。

羊蹄爾森目瞪口呆。

「你一直都在那上頭嗎？」

「偶爾工作不順時，我得加班，你知道這種活，太傷腦筋。」

「梯子這麼高嗎？早前不是這樣的。」

梯子人往下走了兩步，抱歉似地說：「換了。我需要更高的梯子，怕人群吵到我。城堡的住戶聲音相當尖銳呢。」

「深夜時，誰都看不見上面有人，你這樣突然出現恐怕會嚇到人」

「抱歉，我逼不得已，」梯子人再次道歉，「不過你還好嗎？睡不著嗎？」

「我得去透透氣了，下次聊。」一說完，羊蹄爾森快步走向前方。

「喂！你要去哪裡？別去那邊啊！你的氣色相當差啊！不是普通的差啊！」梯子人朝著他大喊：「眞的別去！去了對你沒好處。現在這個時間，你應該待在房裡睡覺。這個時間對生長發育相當重要，畢竟擁有充足的睡眠才能長成健全的腦袋。我是說，今天最好別上去。有一種不好的預感。」

羊蹄爾森滿腦子都是農婦的身影，根本聽不進去。他自己不知道發生什麼事，只知道似乎無法克制自己。此刻，他腦袋一片空白。

所有偉大的古老故事都有一個邪惡的壞巫婆和待宰的善良羔羊。而這次，事情也毫無意外。那一天清晨，農婦算準時機，老早坐在椅子上等他。一見到羊蹄爾森進來，臉蛋馬上笑嘻嘻，聲音嬌媚的說話。

「你瘦了。我一直在等你。我很抱歉。是我太壞。我的態度讓你心灰意冷。」農婦露出乳溝，靠近羊蹄爾森，一會兒眨眨眼，一會兒嬌羞地別過頭去。羊蹄爾森的眼睛追著她的身影在屋子內晃來晃去，心立刻被吸引過去。

「怎麼會？怎麼會呢？」

農婦發出嘻嘻嘻地笑聲。「那麼你願意住進來嗎？」

羊蹄爾森深吸一口氣，鼓起勇氣，堅定地說：「我想看見真正的妳。」

「你想看見真正的我，」農婦說：「但這還不夠，……」

「不夠？」羊蹄爾森開始慌了。

「小夥子，我問你，你愛我嗎？」

「愛！。」他肯定自己的心。「當然愛。」

「那太好了，」農婦說：「但是最近的羊擠不出羊奶，我恐怕不能好好招待你，這樣你會介意嗎？」

「沒關係。」他沉默了一會又說：「只要能見妳。」

「你想見我，非得進來農舍，意思是，你非常想進來農舍是嗎？」

「當然。」

「那麼你相信，你可以進來畫中的農舍，是嗎？」

「一定可以。」

「那你也相信，愛能產生魔法，穿越時空，直指人心，是嗎？」

「是。我愛妳。我相信愛能產生魔法，穿越時空，直指人心。」

突然間，農婦尖銳的笑聲充斥了整個空間，羊蹄爾森還來不及反應，突然天地升起一股力量，他漸漸被一團光圍住，他的意識以及身體開始分解，並且發現自己正被光送往某處。一開始他感到自己逐漸萎縮，幾近消失，後來又感受到冷熱交替，最後他失去意識，墮落無邊的黑暗中。

醒來時，農婦正看著他，笑容極其詭譎。

「怎麼啦？妳在哪？」羊蹄爾森十分驚慌。

「你終於進來了，我始終相信你辦得到，」農婦說：「那邊的桌上沒有羊奶和羊乳酪，不過我替你準備了奶油蛋糕和蜂蜜茶。」

「茶？什麼茶？」羊蹄爾森從模糊的意識中逐漸醒來。「我找妳，可不是爲了喝茶，對嗎？」

「茶在櫃子裡。」農婦說：「還有奶油蛋糕。」

「我是問，妳在哪裡？」他揉眼睛，從混亂中慢慢釐清事實。「妳似乎在另一頭，城堡那邊，是嗎？」

農婦嘻嘻笑著。「答對了。聰明的孩子。」

「妳不陪我一起吃蛋糕嗎？」

她搖頭。「不了，我得趕回家。多虧有你，我才有機會回家。」

「什麼意思？」

「你還不懂嗎？」她說：「你現在已經在農舍。」

羊蹄爾森仍困在一片混亂。「我進來了。不過妳出去了？怎麼回事？」

農婦再次發出尖銳的笑聲。「乖孩子，你就先待在那裡。」

「爲什麼？我待在這裡該做什麼？」

「隨便嚕。你可以擠羊奶。」農婦說：「農舍永遠需要人手。」

「但不對啊，我進來是爲了見妳一面。我是因爲愛妳，才來找妳，但妳現在又在城堡那邊，這是怎麼一回事？」

「這是規則。愛產生魔法。」

「我被騙了是嗎？」羊蹄爾森恍然大悟，又說：「我走過那麼多路，第一次碰上愛情騙子。那麼妳的朋友呢？他們也是騙子嗎？全部是一夥的。包括費里尼嗎？」

「他們的事，我可管不著，而且你問太多啦。」農婦說：「就這樣啦。掰掰。」一說完，農婦準備轉身離去。

「喂！等等！那我該怎麼回去？」羊蹄爾森大喊。

「啊哈！運用你身上的資源。」

「我不大懂。」

「我看見你身上帶了很多故事。你不妨說說你的冒險故事。看門的人如果覺得有趣，會幫你找書商，替你宣傳到各地。若有人喜歡，想認識說故事的人，一定會想辦法找到你，那時你就有機會逃出去。」

「這是回去的方法嗎？」

「但是，願不願意離開農舍，還得由你自己決定。」

「我從來沒有說過故事。」羊蹄爾森說：「我不會說故事。」

「試試看囉。那種東西不是你自己能決定的，先把自己丟下去，如果真的沒人欣賞，不說故事也沒什麼大不了。反正那時候你已經很會擠羊奶啦，一輩子擠羊奶，養活自己，也很好啊。這裡的事都是這樣子。好了，我的咒語解除，要回家囉！」

「等等，妳不愛我了嗎？」

「愛？」農婦瘋狂的大笑，驕傲的說：「小子，你不懂愛吧？那些都別提了。呵呵。像我這麼美的人，才不要一輩子關在那裡當農婦，一有機會，當然要騙人上鉤囉。美貌也是一種才華。」

一說完，農婦毫不留情地轉身，走出閣樓。

現在一道陽光射進農舍，羊蹄爾森覺得刺眼，看不見前方。這下子，他終於明白，之前那些在閣樓進出的人，原來都是從畫作中出去的人。

現在他可回不了家。

8. 羊蹄爾森

我出生那天下著大雨，據說山中的羊全走到道路上，造成交通堵塞。當時街上有三種不同門派的牧師告訴我母親，應該讓孩子到他們那邊受洗，以除重大的罪惡。

母親對我該哪邊受洗，或成爲哪個信仰的門徒，倒一點也不在乎，只希望我快樂的長大，成爲一個可以讓大家歡笑的人，於是她替我取了「羊蹄爾森」這個名字。

最初是父親那輩的人有意見，接著是母親那輩的人有意見，但到頭來母親以強大的說詞，說服了他們。說到底，母親是一個強大的人。

我童年時鬧過的笑話，大多跟這個名字有關。有的人一聽見我的名字便哈哈大笑，問我各種關於羊的事。各種稀奇古怪的事都有。因此我也在其中了解到羊的各種事情。那時我記得母親的臉上天天充滿笑容。

但漸漸長大後，事情就不一樣了。

我開始反抗母親放在我身上的壓力。逃家。逃學。成爲讓大家頭痛的人物。這一切只爲了停止他們的嘲笑。

十四歲時的某一天，我翹課被母親發現，當時她拉著我的手，坐在木製椅上，敞開心胸說話。

「你不喜歡上學，不喜歡這裡的生活，想離開嗎？」

我當時不大懂她的意思，只是沉默。

母親拍拍我的肩膀，又說：「是時間。只要時間到了，你可以有一筆錢，去你想去的地方。」

「可是，」我有點緊張的說：「我不知道要去哪裡。」

「時間到了，你的心會告訴你該去哪裡。」

「可是我的心現在還不想離開。」

「你如果不想離開，你會乖乖的學習，但是你不願意學習，所以學校不適合你這種人久留。」

「我還想留在這裡。」

「當然，你可以留下，但時間到了，你會離開。你會離開家鄉，經過一些美麗又荒涼的地方，然後在那裡頭迷路。」

「為什麼我非得離開，非得迷路？」

她深吸一口氣。「要說理由，其實沒有的。不過如果你想聽，我會說那是因為你讓大家不開心。」

「我離開之後，大家就會開心嗎？」

「不會。不會了。」

我不大懂母親的意思，但從那次以後，不曉得為什麼，我開始認真學習，不再翹課，變成一個乖乖就範的人，而且他們要笑，我便應和他們，讓他們的肚子笑到發疼。

事情又回到從前，母親臉上漸漸有了笑容，但是隨著時間不斷消逝，我的心就像她當初說的那般，開始夢想更遙遠的地方。

我身上開始長滿想要往外冒險的心。每天都夢想離開。

但眞正下定決心是在我十六歲生日那天，我把這件事告訴母親。好，母親說。印象中，那一陣子家中鬧得不太愉快，但就像往常般，她總是能說服大家。（不曉得爲什麼她就是有這種力量。）

離開那天早上，我記得母親容光煥發，滿臉笑容。而我的父親、父親那輩、母親那輩，每個人的臉上卻充滿著擔憂的神情，建議我留下。

我跟母親當然聽不進那些鬼話。

離開前，母親在我耳邊說話，……

學校是爲那些不知道生命怎麼耗掉的人而開設的。我以爲母親會再次跟我談學校教育，但這次沒有，她只是溫柔的提醒我，一字一字深刻地印在我的腦海，彷彿某種神奇的咒語般，……

……她說，離開了，有一天會再回來，但這次你不一定能找到回家的路。

你會被黑暗試煉，但你要記住，……

……當你想回家時，跟著大多數羊兒的足跡走，就會見到牧羊人。

記住！告訴牧羊人你的擔憂和恐懼，請他引領你。別跟丟了。

你要記得你是羊蹄爾森。

你是要回家的人。

你要照著牧羊人的指示，別跟著邪惡的羊隻走散了。

切記！不要自作聰明、擅自決定、心生傲慢，必須時時聽從牧羊人的指示，他會帶你回家，帶你突破黑暗的試煉，看見永恆的光明和希望。

最後我向母親點點頭，向其他人揮手。向附近的每個人道別。

9. 城堡

卡夫卡緩慢爬上梯子，任由自己在黑暗中思索。

他待在上頭已好一陣子，但就是覺得哪邊不對勁。這座城堡的結構相當特殊，四處暗藏玄機，常常給人一種只要觸碰某個機關，整棟城堡就會飛起來的感覺。恐怕是城堡深處的某種東西正向他訴說著飛翔的慾望吧。

但他並沒有在結構圖上畫出飛翔的感覺。

畫不出來。相當困難。需要一定的專注力才可能達成。

現在他所做的只是像皮毛般的東西，而且先前他思考太少，一到現場才發現，有必要日後再重新勘查一遍。

只要一想起費里尼的電影構圖和影片調性，此刻自己所做的東西實在是太草率了。他並非費里尼的影迷，只看過他的三部影片，卻發現費里尼在電影中的構圖早已烙在腦海中。這大概是費里尼能持續歷久不衰的原因吧。

他打算再待一會兒，等到太陽出來再離開。

今天是最後一天工作，得先回家做足準備，再上來城堡工作。

不過——這段日子眞像夢啊！他感嘆著。過去他的生活一直是封閉的，很少出遠門或結交朋友，因此這趟旅程讓他十分難忘。尤其是入住愛河馬旅館那晚所吃的電視餐，也就是一份素食漢堡肉。其主要的食材相當粗糙，像是馬鈴薯、胡蘿蔔、綠豆、玉米等等。當時他咬第一口便覺得太鹹，因此他一邊喝著大量熱水，一邊吃下電視餐。是極糟糕的一餐，可是不知怎麼地，現在他卻異常懷念電視餐。

不僅如此，整趟旅程都刺激著他的神經。像是一進入城堡後，矮人馬上認出他，帶著他導覽城堡四周，並且在解說完畢後，以嚴肅的口吻對著他說話。那種嚴肅他至今仍難以忘懷，好像不如此嚴肅，所有人會當那是笑話般。

當然一開始，他確實以爲他在開玩笑。

「卡夫卡先生，城堡有些規矩，你得仔細聽，……」

「我會遵守本地規矩，請你放心。」

矮人咳嗽了一下。「平常人可能高估了自己，便輕易的答應了。但其實他們從未通過考驗，……總之，……這件事讓我們相當失望，……但是你知道嗎？只要有人一遵守承諾，城堡內的人就會成爲自由民。」

「我不大懂。」

「是啊。」矮人說：「你當然不懂，在整體架構來看，你只被分發到配角的部分，根本不懂故事的走向。不過，少了你這一部份，一切就顯得太乏味了，對嗎？」

卡夫卡搔了搔頭。「我一點都不明白你說的話。」

「你要記得，千萬別進入二樓陽台那間上鎖的閣樓。這是規矩。」

一說完話，矮人頭也不回，直往城堡走去，開始招攬客人。

難道矮人沒告訴青少年，陽台閣樓是禁地嗎？

當他看見那名青少年直奔陽台閣樓時，他發出了這個疑問。不過，他不是個多管閒事的人。那時叫住他只是出於好意。因為他在他身上看見不好的東西。那個東西，與他前往城堡時所感知到的東西是相似的。

那一天，也就是他動身前往城堡前，家中的電話突然無預警地響起。當時他毫不猶豫地接起來，立刻感到一種不祥的預感。

「請問是卡夫卡先生嗎？」

「我就是。」

「我會盡早將海鷗沙發送到府上，您哪時候在家呢？」

「真不巧。我剛好得到外地工作一陣子，週五回來，您能在週六下午送達嗎？」

「沒問題。」男人說：「抵達前一個小時，我會再打電話通知您。」

「那再好不過，」卡夫卡說：「方便留下電話嗎？」

男人留下電話號碼。卡夫卡再次確認，卻發現多了一個數字。

「抱歉，多一個號碼。」

「是這個號碼沒有錯，這是特別的號碼。電信業者舉辦活動時抽到的，不是每個人都能擁有這個號碼。」

「不大懂。」卡夫卡說：「總之，能通吧？我不接陌生人的電話。」

「做生意當然要保持電話通暢。」

「不過，……沙發確定是用挪威海鷗的眞皮製成嗎？」

「這是眞的。我不會造假。我是誠信商人，給客人滿意又眞實的商品，若發現躺了沙發，不能感受到挪威的風情，一個月內保證全額退費。」

卡夫卡掛上電話，幾乎能感受到挪威海灣吹來的風，但同時也感受到接起電話時那股不祥的預感。而這種不祥的預感跟青少年身上看見的東西是類似的。

難道矮人沒告訴青少年，陽台閣樓是禁地嗎？

他正思索著，但沒多久，他立刻像一顆流洩地氣球般，整個人鬆軟了下來。一道陽光這時濛濛地射進城堡，掃走一切的黑暗。

工作時間結束了。不管了。他不管了。反正別人的事最好別管太多。只要保身。全身而退。靜靜地做著自己的事就好了。

一這麼決定後，他走回房間洗了個澡，接著又走到大廳櫃台。當時他在遠處就看見矮人，以爲矮人又要故作冷淡，刻意忽略他。而矮人這次卻一反常態，以極其熱情的態度招呼他。

「嗨，卡夫卡先生，工作還順利嗎？」

「我下禮拜還會再來，有些工作上的細節還得重新考量，不是那麼容易的事。」卡夫卡說：「這座城堡令人驚訝的是，每個房間都有其奧妙的格局，像是專人特別設計過似的。」

「你果然好眼力，我們的城堡確實經過特殊設計。」矮人盈盈笑著，接著又說：「不妨告訴你，其實這座城堡和底下的小鎮是同一個建築師設計的，兩者多少有些關聯，一般的觀光客不會發現這點。」

兩人在廣場上漫步，一邊說話，一邊走到停車場。

卡夫卡點點頭，又說：「抱歉，能問你一些問題嗎？」

「請說。」卡夫卡打開車門，壓下後車廂開關。「我發現你這些日子對我相當冷淡，我做錯什麼了嗎？這應該不是城堡的待客之道。」

「卡夫卡先生，別忘記您來城堡是要工作的，這對您是最好的態度，何況我也在工作。工作中心無旁騖，才是對工作最好的敬意。」矮人說：「不瞞你說，這是矮人族的傳統，若帶到城堡的服務中，可能稍微冷淡點，但這並非業主的本意，而是我對自己的要求。」

「原來如此。不過，你對這座城堡了解多少？」卡夫卡將行李丟進後車廂，再繞到前方。

「比你多一點，」矮人說：「其他的我不能說了。萬一隨口說話，難保惡貓出沒。城堡是相對城市還來得美麗寧靜的地方，萬一出現那種毛茸茸的生物，有潔癖的客人都不會再光顧了。你要知道，我們八成以上的客人都屬於這一類性質。」

「是嗎？」卡夫卡走到門邊，恭敬地打開車門。

他們互相擁抱。「再見了，親愛的矮人先生。」

「再見了，親愛的卡夫卡先生。」

接著，卡夫卡就開車下山了。

10. 羅馬小姐的假期

卡夫卡開著車，正打電話給賣沙發的老闆，想告訴他，抱歉，工作上有變數，想靜下來，沙發的事想晚一點再享受。

先苦後甘，這是他做事的原則。非得經歷一番波折，才值得享有甘美的生命，若生活中突然降臨太大的喜悅，心會變得太輕，完全不像自己。有一點沉沉的重量才是卡夫卡。受詛咒的卡夫卡。

然後電話通了。

電話中，老闆告訴他，若不介意的話，留下屋子鑰匙，他可以在他工作時，將海鷗沙發運進屋子內，等到一結束工作，馬上就能享受到海鷗沙發。卡夫卡覺得並無不妥，鬆口答應了。

掛上電話後，一股不祥的預感浮了上來。這股預感跟上回一模一樣。難道他又要發生什麼事嗎？不，蘇易已經改造他，照理說，大難臨頭那種事不會再發生。剛剛一定是錯覺。或者是自己太習慣災難了。他深吸一口氣。

但沒多久，他的注意力一下子就轉移了。

一名女人正赤著腳在山中奔跑，因爲胸部實在太豐腴，柔軟浪花不停的上下晃動，觸發了卡夫卡的性慾。

拉下窗。他叫她。喊住她。要不要搭便車。一起下去有個伴。

一起下去有個伴。好久沒見到這麼壯闊的景象。卡夫卡就算生命充滿著離奇詭異的命運，也算是一個正常的男人。他拼命喊叫。

但奇怪的事，任憑卡夫卡再怎麼喊叫，女人就像在另一個空間似的，眼神只是專注地望著前方，並不理會他。

眼前這名女人正是剛從畫作跳出來的農婦。

她被困在畫作已經 465 年。她是羅馬人，骨子底存有瘋狂血液的羅馬人。現在她滿腦子想著他，決定找到他，再回家。

這個他，叫做愛德華，是一名吸血鬼爵士。幾百年前，兩人透過女巫介紹認識，沒多久他們愛得死去活來。但有一天，整個吸血鬼家族毫無預警地消失，她則因爲傷心過度，頭髮一下子由黑色轉成金色。

農婦拼命跑著，相信愛德華一定是被某種東西困住。就像她，被桑德斯畫像困住好幾百年般，但她相信愛能生魔法，戰勝一切，突破黑暗的試煉，……

……

……

……

現在視角一路緩緩往山坡直上，回到城堡的廣場。我們看見一對男女。

這對男女有個浪漫的名字，名叫班傑明和伊莉莎白。沒有人知道他們在抵達城堡前，經歷了什麼，但眼尖的矮人竟然知道。

這似乎是某種天賦。一種獨特的透視力。

矮人的生意上門了。矮人在無人的角落變了一張臉，露出歡快的笑臉，像一隻哈巴狗般，一步一步地接近目標，熱情的招呼他們。

矮人不怕接觸客人，他擁有一百張臉，可以招呼一百種客人。

「嘿，你們眞幸運！羅馬小姐的假期已經落定人選，可以開始上演呢。」

「羅馬小姐的假期？」

「是啊。大導演剛敲定人選。」矮人說：「來來來。下半年度的預購票已經開賣，想看羅馬小姐的假期，請先預訂，錯過可惜！錯過可惜！」

觀光客男女互看彼此，尷尬地笑著。

矮人詭異的看著這兩名觀光客，心底打什麼主意，誰也摸不透。傳聞中，這名矮人放棄矮人國的王子身分，到這種深山。不，可以說是相當俗氣的地方賣命工作，誰也不曉得故事從何展開，……

……好了，別理矮人了，你們趕快到山上放羊。

……若趕不上牧羊人的腳步，就會被逼迫喝完一大桶羊奶。

至於羊蹄爾森？他現在可是愣在農舍，不知如何是好呢。

現在送羊奶大哥站在農舍前，身上帶著一本合約，謹慎的敲著門。
叩叩叩。
叩叩叩。
叩叩叩。
所有的故事彷彿枝葉般開始蔓延，再過一段時間，它會結成一棵美麗的蘋果樹。來來來，現在讓我們一起赤腳在草地上唱唱跳跳。

讓我們跟著牧羊人一起唱唱跳跳。
踩著濕潤的草地。
把帶來的羊奶撒向草地。
讓羊生氣。
讓羊吃草。
讓羊一會哭一會笑。

11. 幸福地毯的插曲

農舍起風那天，送羊奶大哥敲了門，笑著走進來，說不好意思打擾了。

我說沒關係。我正在玩數獨。他非常地驚訝。

「你不是在寫故事啊？」

我端出羊乳酪，一邊告訴他日本的老編劇都是一邊泡茶聊天一邊寫故事劇本，而現在我只想讓腦袋休息。送羊奶大哥告訴我，他胃不大舒服，不能吃羊乳酪。我把窗戶關小一點，倒了兩杯水。他似乎感冒了，一直咳嗽。

「有沒有威士忌？」他問。

「農舍沒有酒精，只有蛋奶酒。」

他翻開我的書。書內夾了一封信。是給我的。

「又是讀者來信。」

他一邊笑，一邊咳嗽。「怎麼會有蛋奶酒？」

「釀酒會帶來幫助。」我說：「它會幫助故事發展。」

我從櫃子搬出蛋奶酒，倒在白色塑膠杯上，爽快地喝了一口。他也是。

「酒精讓人迫不及待。」

「是啊。生活少不了酒。」

他將那封信沉甸甸地放在桌上。我不急著知道眞相，再幫忙倒一杯。

「現在的味道甘醇，但是再放一陣子比較香。」

他露出滿足的笑容。我從書櫃中拿出羊齒刀，放在桌上。

「喝這個會舒緩感冒症狀。」

他點點頭。並用羊齒刀幫我拆開信。交給我。

「在讀者提問前，我有一些私人問題想請教你？」

「嗯？我們是朋友，你直說無妨。」

「在羊蹄爾森的冒險中，爲什麼不用第一人稱『我』，來說自己的故事呢？」

「這個問題相當無聊。」

「拜託，……」他說。我拒絕不了病人。

「……嗯。只能說寫的當下就決定故事的走向，因爲我不是故事。故事自動流出來時，怎麼樣也沒辦法改變。爲什麼不用第一人稱『我』？

當然，用『我』的話，確實會幫助讀者閱讀。可是相對的，故事卻沒辦法繼續下去。那時候在城堡的每一個『我』都是記憶的一部分。而現在的『我』，有一天會變成與『我』不相干的人，因此是『他』。

過去的羊蹄爾森是『他』。變成『他』時，故事就能發展下去。因爲是別人的故事。說別人的故事輕鬆多了。」

「眞複雜。」

「就是這樣啊。都糾在一團了。」

「有一些疑點。」他說：「畫作是封閉的，時間是永恆的，費里尼先生不可能死亡啊。」

「沒有人說畫作的時間是封閉的，」我說：「無關乎時間或空間。故事中，他們一起經歷過死亡，這才是眞實的。」

「農婦從頭到尾都在騙你嗎？」

「哎，我不知道。我只知道在那當下，農婦確實哭得相當傷心。」

「那麼說來，山上有一座教堂，在那邊能找到達文西和約翰．藍儂嗎？」一說完這個，他變得相當激動，眼神發亮。

「說不定可以噢。」

「照你這樣說，畫作的世界也算眞實世界囉？」

「眞眞假假，我也分不大清楚。」我說：「有時候，我會忘記自己從哪裡過來，但是寫故事時，心會清楚知道自己要回到原來的世界。我怕被同化。說不定，你當初也是從那邊過來的，只是久了，忘記了。你不會一直都在這裡當送羊奶大哥啊。」

「不，我一直都是送羊奶大哥。我盡忠職守。」送羊奶大哥說：「不過我想，這些故事都是假的吧？能說一些真實的故事嗎？不，山下那些人想聽你真實的冒險故事。」

「真實？」我在腦中轉了一會。「但這些都是真的噢。我闖進畫中，與畫中送羊奶大哥說話這件事，不就正在發生嗎？這一切都是真的。」

「憑何相信？」

我說不過他，畢竟他是幫我送稿的人，我得適度的尊重他。至於山下的人，我一點也不在乎。我的目的是逃離這個地方。只要在書中煽動一位讀者。一位就夠了。而這位讀者像我一樣，有一顆單純的心，願意跟著書中的線索，出門冒險，進而破除「桑德斯畫作」的魔咒。

「你說說話。」

「好吧，真實的故事嗎？」我又想了一遍。

「像是非洲的愛情故事。」

我喝了一口蛋奶酒，將杯子重重地放在桌上。「我如果要寫那種故事，就不必到這裡來了。城市有成千上萬種愛情故事。」

「你生氣了。我頭一次看你生氣。」

「稍微大聲了點。」

他傻笑著。「表面上看起來漫不在乎，但實際上，有一定的原則啊。」

……眞實的冒險故事嗎？

……好囉，聽好了。

……撐大您善良的耳朵。

……一字一句把故事聽懂，可以嗎？

……

……我曾經在淘金城與當時最大尾的有錢人一起喝過啤酒。

在攀上鹽石山的途中見過美麗的猴頭樹精。

在北區的太空基地與一名叫做聖修伯里的中年男子一同觀看獵戶星座。

在信仰神木邊與一群喇嘛學過漂浮瑜珈。

在人煙罕至的礦山區發現矮人的足跡。

住過愛斯基摩人的大腳怪冰穴，……

……但這些都不足掛齒，不過是虛榮罷了……

……我現在想說的是一個憂傷的故事……

……故事從幸福地毯開始，這次可以一邊吃爆米花一邊聽故事……

……你願意洗耳恭聽嗎？

……我只要肯定的答案。

……是了。是了。那就是了。

……我曾經在那座城堡跟著老婦走過幸福地毯。

當然。接下來的事你知道了。

現在我想告訴你，我腳下踩的地毯是波斯人做的。你看看我的波斯地毯。這是老婦爲了答謝我而派人送來的。

在城堡的日子中，我曾經陪老婦度過幾個晚上。

……老婦白天就在城堡走著幸福地毯，漾著幸福的臉，看上去眞的好快樂。有時她會找一些觀光客陪她走一趟。就像我這樣。

不過一到晚上，她就變了一個樣。老婦既張狂又直率，幾乎逼近瘋狂。

老婦說了很多話，說了很多話，那些大部分是關於老頭的。

老頭已經很久沒有回來。

老婦說，如果老頭回來看她，她就買一台跑車送他，給他一棟房子，甚至每個月送給他二十萬。說話的語氣並不溫柔，是用罵的那種。用罵的，說著愛的語言。你知道嗎？用罵的，說著愛的語言。

好美，因此我印象深刻。

每個夜晚，老婦拉著我說話。

她說，如果老頭回來，她就買一台跑車送他，給他一棟房子，要他帶她遊山玩水，每個月送給他二十萬，兩個人開開心心地過下半輩子。

曾經那麼夢想過，……

但最後只能在腦中成爲幻想，……

老婦是個富家女，一輩子有很多錢。

有很多很多錢。

有很多很多很多錢。

可是老頭從來沒有回家。

當時，老婦是清醒的，沒有喝酒，咒罵的話語如此瘋狂，而愛是眞的。

這是多麼憂傷啊！

一想到此，我就無比的憂傷。塵世的愛總讓人哀傷。

「墜入愛河？」送羊奶大哥說。

「我一直想寫這種故事，用罵的方式說著愛的語言。非常眞實，不是嗎？」

「是。絕對是。」

「不解釋。有一天，當你想起這個故事時，心或許也會踩到檸檬。」

「我這一生，還眞沒踩過檸檬，下次可以請長老舉辦踩檸檬比賽。」

「那種東西也能舉辦比賽嗎？」

他大笑。喝光蛋奶酒。

「對了，有一首歌可以表達那憂傷。」

「什麼歌？」

「唔。」

「我得寫下來，等等我。好嗎？」我說：「這則故事就當作插曲。隨便你安排。」我遞給他紙條。

請聽聽這首歌：

BUON GIORNO PRINCIPESSA。

Nicola Piovani。

帶著珍惜的心，一起活下去啊。一起分享生命的喜樂。

「謝謝你。」他微笑。「謝謝你。現在能聽聽那首歌嗎？」

「唔，我這邊沒有，要到城市找呢。」

「我知道了。晚安。」

「祝你睡得安穩。」

12. 一個威脅性的祕密

深夜，無風。打工仔將貨物送到客人家後，馬上前往城市赴約。

地點在椰子陽光飯店。打工仔坐在車上，聽著桑田佳祐的專輯《白色的戀人們》，即將會面一名私家偵探。

現在他下了車，將車交給泊車小弟，走向櫃檯人員，簡單說了些話，之後便乘著高速電梯直達77樓。過程中，他沒有任何想法，只是任由桑田佳祐的歌聲隨意流淌整塊空間。

幸好，他是一個人待在電梯內。幸好，剛剛是一個人開著車。幸好，從事的工作只需要一個人。幸好，即將會面的是另一個獨立的個體。他這樣安慰著自己。這一點，或多或少與一卡皮箱女孩頗爲相似。也或許如此，他才會被她吸引。對方身上強烈的孤寂感正深深地反映著自身。

此刻，打工仔閉上眼，將自己鎖在另一個空間，一邊感受著那份孤寂，一邊提醒自己女孩已經離開了。

但就算如此，即使只見過兩次，思念還是拼命襲來，籠罩著他的生命。

每次吃午飯時，他就會想起她，假想她在另一塊空間中，獨自用餐。

或者，每到了需要人幫助時，他假想她總是勉強撐著，獨立完成那件事。

或者，她其實手受過重傷，卻得拉著那大卡的皮箱，往另一個地方逃離。

或者，他自己需要另一個人陪伴時，他就想起她也是同樣的心情。

思念讓他的心跑得十分累了，因此他才決定找出她的蹤跡。

打工仔走出電梯，走進 2046 號房。站在門前，他猶豫了一下。這裡是七十七樓。飯店房間號碼的開頭爲什麼是 2 開頭呢？

沒有答案。許多事都沒有答案。他以及她爲什麼獨自活了下來，或者她爲什麼要拼命逃離，這一切的一切都沒有答案。活在這個複雜的世界上，人不能光靠答案活下來啊，他想。必須試著前進一些事。

打開門，打開燈。關上門。關上燈。他待在黑暗中，思考著。一但決定這麼做，一定會侵犯到那女孩的私密。他怕的，就是讓她知道，自己竟然私底下調查她。而且自己竟然對一個愛慕者充滿著好奇與困惑。

還是打開門，打開燈吧。打工仔是出於關心。

接著，他撥打飯店客服，叫來兩份墨西哥燉牛排和一罐紅酒，並向客服要了五道菜。掛上電話後，他躺在大大的床上，望著天花板。

愛上一個人最痛苦的莫過於求之不得。聘請私家偵探調查女孩，這種事他是頭一次，沒想到自己竟然會愛得如此痴狂。

一直等到晚上九點整，終於有人敲門了。

敲了三次。打工仔起身開門，看見一名穿褐色大衣的男人。兩人在門口禮貌性的應答，之後便一邊咬著燉牛排，一邊說話。

「您就直說吧。」打工仔說：「偵探先生。」

偵探先生從公事包中抽出電腦，打開檔案，女孩的照片和資料就此露出。

「那麼我就直說了。」偵探先生露出青筋，有些緊張。

打工仔同樣也相對緊張。「任何事我都能接受。倘若你要說，女孩長年住在旅館內，從事色情行業，那麼我也能接受。雖然我不明白這樣的她，為什麼要來到我的店裡，買色情書刊？」

「不，」偵探先生說：「請放心。女孩只是個普通人。」

打工仔露出鬆一口氣的表情。

「抱歉，是我想太多了。」

「但是這個孩子十分可憐喏！國中時，她窮到連畢業旅行都沒辦法參加，而且登記學籍時，並沒有家長資料，似乎一直以來都是孤兒的樣子。」

「孤兒？」打工仔試著回想那形象。「總有阿姨叔叔之類的親人在照料她吧。世界上總是有什麼人這樣關心她啊。」

偵探先生搖頭。「國小舉行班親會時，沒有任何親戚參加，一路來的學費都是由基金會補助，求學路上不算傑出，倒是教師眼中的乖乖牌，而且要念什麼學校，什麼科系，都是自己打理。」

「這樣子嗎？一直這樣獨自辛苦嗎？總是有幾位親近的朋友吧？」

偵探先生搖搖頭。「國中後，她一邊養活自己，一邊忙於工作。同儕間的友誼幾乎是放棄了。不過在工作上卻有幾個年長的男人繞在身邊，有點追求的跡象。」

打工仔聽到此，吃了一口菜，舒緩著緊張。

「那麼是被包養吧？她的經濟來源，……」

偵探先生搖搖頭，皺著眉頭，又說：「一般女孩都會同意的。但奇怪的是，她全都拒絕了。在這之中，不乏幾個相當不錯的對象，也曾經嘗試交往，但後來都沒有後續了，恐怕是個在愛中無法自在坦然的人。」

「啊！」打工仔發出一聲。

「總有愛過什麼人吧？」

「奇幻小鎮上的廚師。」

「廚師？那個瘦巴巴的傢伙嗎？」

「沒錯。」偵探先生說：「也做過類似追求的事，但用錯方法，對方根本不明白她的心意，而且就算明白，也不會在一起。廚師喜歡料理事業，沒有多餘的心思料理感情。」

「這麼說來，瘦子一直都沒有感情對象啊。」

實在不可思議。打工仔無法想像，他就算再怎麼清高，身邊還是轉著幾名女孩，而且他樂此不疲。直到遇上女孩，他才收手。

「難不成這就是她急著離開的原因？」

「機率很大。因爲心碎掉了，不想再見到他。就我這邊推測，她似乎是個心高氣傲的人，不太知道怎麼處理關係，於是乾脆斷了聯繫。」

「太急了啊。」打工仔氣定神閒地說：「得先跟對方當朋友。朋友當不成，當知己。知己當不成，當家人。總有一天，習慣會把人寵壞的。」

「這是您慣有的方式，但也得有追求的勇氣。這是一般人所缺乏的，就連我自己也是。因爲自尊心的關係，不可能一直做著追求的動作，畢竟只要是心，都怕受傷。」

「偵探先生也這樣嗎？」打工仔說：「像你們這類的偵探恐怕在愛這一塊有很大的問題吧？你們的工作習性不喜歡將自己暴露在危險的地方，因此將自己一大部分的心交出來，放在另一個人身上，總是會不舒服、會疼痛啊。」

偵探先生掏出菸，隨意的點上，沉浸在神秘的氛圍中。

「沒有人喜歡疼痛。」

「眞是傷腦筋。」打工仔拍自己的頭，然後說：「不過我也沒資格提，人總會有看不清楚的時候，我自己雖然喜歡追求別人，但特別不怕受傷，只明白愛的感覺。不過，我常常造成人家的困擾。呵呵。若有一天您發現了我不對的做法，請一定要告訴我。」

「明白了。」偵探先生說：「那麼大致如此，還有其他問題嗎？」

打工仔食指比出「一」這個手勢，身體往前傾。

「那麼她現在可以到處流浪又不工作，莫非錢會掉下來給她嗎？」

「關於這一點，我也相當納悶，而且她平常沒有購物的習慣，也幾乎沒有到餐館用餐的紀錄，幾乎所有吃的、喝的、用的都這樣子就解決了。」

「這樣子就解決了。」打工仔試著理解這句話。

「或許是我能力不足，沒有調查更細節的部份，不過一般人的生活，不需要弄得這麼神秘，她的整個人生像在躲著什麼似的。」

「她的確在躲什麼。但像她這樣的人，用問是問不出來的。她有一種狡猾的性質。」

偵探先生的臉突然沉下來，將銀戒指轉了轉，身子往後傾。「我知道您是愛她的人，不過若繼續深入調查，恐怕會陷入危險，終至不可自拔。」

「危險？」打工仔說：「什麼意思？」

偵探先生鬆開雙手，身體躺在椅子上，沉思一會兒說：「她先前在掌舵與大胖子的對話，我們也調出來了。事情令人匪夷所思。絕大部分的故事都在說謊，她既不是 Runny Walker 第一屆當選者人，也不是承辦人，參選人，得獎人和最佳代言人。」

打工仔眼睛發亮。「就是這樣。那個女孩一直以來的生存模式。」

偵探先生摸著鬍渣，吃著牛肉，配著紅酒。左邊手指在大腿上斟酌著。兩人的話語暫時落了下來。

打工仔在腦中想著女孩的模樣，心裡生出無限的憐惜和疼愛。不過女孩已消失在人海中，他深深地嘆了一口氣。

「好吧，偵探先生，」打工仔說：「我接受你的忠告，也明白你的擔憂，這件事就先告一段落。」

「就這一點，您倒是相當明理，不是會用下流手段去騙取女孩的心。」

「不，能花一點錢，騙到女孩的心也很好。不過這是粗俗的事，就她而言，我想用自己的眼睛和心去認識這個女孩。其他的只是輔助。」

「明白了。」偵探先生站起來。「祝你順利。」

打工仔望著偵探先生，一股腦兒的好奇又傾洩而出。

「偵探先生，您也有小孩和老婆嗎？你既不像一般偵探那樣灑脫，也沒有一探究竟的勇氣，但是向客戶解說時，卻面面俱到，富有感情，而且能評斷兩方的優劣。我想這是做父親才會有的關懷。」

偵探先生點點頭，不好意思地說：「是啊。就是因為有了愛，所以才變得無法隨心所欲，畢竟有責任了。」

「責任？」打工仔：「我一直想知道那是什麼感覺。」

「就是感覺自己變重了。」

打工仔摸索著那形象，兩人有力的握手。「錢的部分已經匯進帳號，不必擔心。」

之後，他將偵探先生送走，一直到看不見人影才關上門。

但就在關門那刻，他感到異狀。自己並非敏感的人，但好像有什麼闖進來了。
從開門至關門那一瞬間，某種東西飛也似地闖進來。
繞著房間觀察，他感受到房間變冷了。
窗戶被打開了？剛剛？誰開了窗戶？
打工仔走進窗戶，準備將窗戶關上，這時後方出現了一個叫聲。
以極其淒厲的聲音喵叫著、吼叫著——

一卡皮箱女孩喜歡瘦子！
一卡皮箱女孩喜歡瘦子！
一卡皮箱女孩喜歡瘦子！

貓咪跳到前方，以極其恐怖的臉盯著他，然後開口說話：
如果你敢告訴別人，我就要殺了你！

喉頭瞬間被抵制住，彷彿一把武士刀架在脖子上。
但幸好只有一瞬間。

打工仔渾然未解，只是皺著眉頭。

貓咪露出詭異的笑容和深沉的眼神，往打工仔看進去。

打工仔的靈魂在那之間彷彿受到迷惑，身體動彈不得。

突然間，貓咪往他撲去。打工仔來不及閃躲。貓咪的雙角落在窗戶邊，狠狠地往高空一跳。打工仔立刻轉身，在天空尋找貓咪的身影，可是他只看見一片漆黑。太高了。太深了。這裡是七十七層樓高的五星級飯店啊！

貓咪那樣做無疑是自殺！自殺啊！

第二部「桑德斯畫像」完

第三部
世界的協調師

1. 武橘忐忑的心

車陣停滯不前，三台警車呼嘯而過，接著是救護車。武橘望著前方，發現是一場連環車禍。這段時間，各種想法湧進來，使得他更加沮喪，最後開始拍打臉頰，不停問自己，究竟怎麼了？

從前並沒有那麼多煩惱啊。應該說，從前只有工作和瑪娜得操心，如今他功成名就，也給了瑪娜一個全新的臉蛋和生活，眼看前方一片遼闊，終於要感到輕鬆的同時，生命卻撞來另一種東西。

是一種沮喪和失落的感覺。

但怎麼會呢？現在是大富翁啊。

照道理說，心應該更加輕鬆、快樂啊。

此刻，武橘盯著前方，一邊緩慢前行，一邊看著街上的群眾，不禁開始懷疑，難道敷上面膜，變漂亮後，人眞的就會變得快樂嗎？

之所以提出這個疑問是因爲三周前的會議中，主管們紛紛對他表示恭喜。在武橘眼中，他們是一群長得像狼和狐狸般的高知識份子。他們告訴他，我們的面膜遲早有一天會外銷到全世界。是時間早晚的問題。美好面膜就是我們的未來。總經理，恭喜您！恭喜您！

也正是因爲這份喜悅使他感到驚恐，畢竟他無法認同。試想這個世界上的每一個人，他們都因爲面膜的關係，開始擁有一張柔滑的臉蛋、33 度斜角笑臉和稚嫩的肌膚，而且每一個他見到的人彷彿都成了同一種人。一想到此，他心中的罪惡感再次湧上來。是他讓人們的虛榮心無限擴張、膨脹，甚至到了不可回頭的地步。這才是犯罪的根源啊！

突然，一塊黑影從前方迎來。

應該不會撞上車子，他推測。

空中的黑影隨風飄動，彷彿能駕馭風似地，一會兒往東飄，一會兒往西飄。

百般寂寥下，他打開廣播，主持人櫻櫻美代子正在介紹今天的來賓，以一種活潑大方的清亮笑聲壓過一切。

「哈哈哈哈哈哈哈。」櫻櫻美代子說：「這麼說來，妳的名字『女巫』並非隨便取的，而是從黑暗時代，人們就這麼稱呼您，是嗎？哈哈哈哈哈。這種事我可是頭一次聽說，也是頭一次聽見來賓這麼介紹自己啊。哈哈哈哈哈哈哈。」

主持人發了瘋的笑著，武橘感到輕鬆。

「好的，各位聽眾朋友，今晚半個小時的故事時間，製作單位找來的這名女巫朋友究竟會告訴我們什麼故事呢，……」

廣播的訊號此時變得微弱。

那中間他聽見主持人一直笑。

笑容斷斷續續。

剛剛那份輕鬆，現在又轉爲焦躁，似乎有什麼事要孵出來。

武橘盯著前方，啓動雨刷。

雨刷掃過玻璃窗，大概兩次。

武橘取出購物袋內的牛奶，喝了兩口。

廣播內傳來哈哈哈哈哈哈的聲音。視線變得比剛才還模糊，他揉眼睛，喝了牛奶，啓動雨刷。

唰唰唰唰唰唰唰。

哈哈哈哈哈哈哈。

主持人櫻櫻美代子的笑聲充滿著車子。武橘有點焦燥，切掉廣播，換成最近才認識的波本酒先生。

但突然「啪」的一聲，一塊黑影撞上玻璃窗，嚇得他連牛奶也濺到身上。

黑影豎起像毛般的東西，用近乎發狂的淒厲嘶吼聲，對著前方嘶吼。

嘶吼。

再嘶吼。

彷彿正呼喊著死神，低鳴訴說：

前方這個男人就是被選定的人。也是即將送上審判台的人。請死神快點來抓他吧。這世界不乾淨的東西全因爲他而引來了。

武橋頓時間嚇傻了，——

……………………

……………………

……………………

訊號回來了，——

「……好啦，眞不好意思，占用太多女巫的時間，那麼究竟要從哪裡開始呢？啊。對了，竟然妳是女巫，總有一些以前流傳的故事吧。」

「這是當然的啊。」女巫以極其甜美的聲音說著。

「哈哈哈哈哈。」櫻櫻美代子說：「我以爲女巫的聲音很恐怖呢。」

「那是世人對我們的誤解。有太多誤解。吸血鬼先生也曾經抱怨過呢。你們知道嗎？就是你們在電影上說的那種吸血鬼。」

「吸血鬼嗎？女巫認識吸血鬼家族啊。」

「豈止認識，簡直是泡茶聊天的好夥伴。」

櫻櫻美代子掩不住興奮，激動地問：「那麼吸血鬼先生，平時在哪裡出沒呢？」

「唔，都去當電影明星啦。」

「哈哈哈哈哈。您可真是風趣。」

「不，實話實說。」

「好喔。現在觀眾朋友，想聽女巫的故事還得由女巫本人親自開口，現在故事要從哪裡開始呢？」

女巫咳嗽了一番，然後說：「從很久很久以後開始，這才是我要告訴世人的故事，很久很久以後，山上的女巫製作了一種神奇藥水，……」

2. 詛咒人的藥水

很久很久以後，……

很久很久以後，……

很久很久以後，……

山上的女巫製作了一種「詛咒人的藥水」，據說它能滿足一切世間的願望，同時帶走許願者最引以為傲的東西。

德古拉爵士在尋找年輕女伴的旅途中，曾經在女巫家的牆壁上見過這種藥水。容器的外觀並不大，而且會發亮，藍綠色的液體就像多瑙河一般美麗。

那瓶藥水後來被他買下來，結果整整一個月，他每天望著藥水，待在房間踱步，不知如何是好。是害怕的心情。

一但喝下藥水，事情便不可能回頭。

沒有解藥，因為屬於治療性的藥水，所以請三思，女巫再三告誡他。

「為什麼不製作更令人安心的藥水？非得留下後遺症。」德古拉爵士問。

「世間不可能完善啊。沒有那種東西。」女巫說。

有一好，就有一壞，這是必然。

就像他能夠保持長年的體力和英姿征服許多年輕女性，但同時也只能看著深愛的女人隨著時間老去而消逝。他每天都掙扎著藥水的事，渴望身邊能有一個深愛彼此且固定的女伴，但同時他也害怕未知的將來，畢竟飲用了藥水，那可能讓他的身體失去強大的力氣、飛行能力，或是嗜血的習慣。

因此直至今日，那瓶藥水仍未被打開。

幾個世紀過去了，當初他心中的願望逐漸被時間沖淡，占據他生活的是不斷流亡的命運和毫無理由的討伐——吸血鬼獵人的興起，導致整個家族的大量衰退，許多親戚因此而離開人世，後來事情越演越烈，他開始告誡子孫，凡事低調行事，最好停止白天外出的活動，只在夜間或是清晨時做必要的移動。

就這樣，很久很久以後，和平的年代沒有吸血鬼獵人，生活就此穩定下來。

不過吸血鬼生活的改變，使得所有人開始對神祕的吸血鬼家族產生各種想像，尤其在伯蘭・史杜克出版一本名為《德古拉》的故事後，德古拉爵士再也無法忍受，氣沖沖地闖進女巫家。

「徹底的人、格、污、衊！」德古拉氣急敗壞，握緊拳頭，放聲說話：「我可是優雅又紳士的吸血鬼，天生愛好浪漫、和平、幽靜，才不是那種駭人的傢伙呢。」德古拉手上捧著一本名為《德古拉》的故事集。

當時，有四個女巫聽著德古拉爵士說話。

那天是個深夜，桌上放著一盤水果優格和一壺紅茶。

四名女巫中，有一對年輕的異卵雙胞胎姊妹和另一對同卵雙胞胎姊妹。

「唉，」同卵雙胞胎的女巫同時說：「人類只是充滿想像力，何必怪他們呢。大家都這樣挺過來。」

「那個老頭子讓我們整個家族顏面盡失，這是惡意毀謗。」

異卵雙胞胎姊妹互看彼此，前後各說了一句話。

「我們又何嘗不是呢？」姐姐說。

「女巫的處境也一樣啊。」妹妹說。

德古拉爵士是個浪漫的人，總能在生活中找到樂趣，他之所以喜歡到女巫家聊天便是這種古怪的奇異感吸引著他。他看著相似的姊妹，說著類似的話，心底的痛苦不知不覺舒緩多了。

德古拉喝紅茶，手指在桌上輕敲。「妳們也有這種困擾嗎？」

「已經好很多了，現在鋒頭都指向吸血鬼，我們暫且沒事了。」

德古拉吃著水果優格。「有什麼辦法解決嗎？」

「若你相信我們的一名朋友，可以試試……」

四名女巫說著一模一樣的話，德古拉非常驚訝。

就這樣。幾天後，他們在女巫家碰面了。

這是另一次晚餐聚會，女巫們拿出蘋果酒、乳酪豆腐和覆盆子燉飯招待客人。她們對這位客人保有相當大的敬意。

「頭一次見到吸血鬼，」男人說：「不像電視上演的那般恐怖啊。」

「抱歉，請問你在這個世界扮演什麼角色？」德古拉說。

「我嗎？」男人說：「只是大家的朋友，互相解決朋友的困擾。」

德古拉對此相當訝異，畢竟一直以來，吸血鬼家族的交友關係帶有某種潔癖，一但與劣等民族交朋友，自尊心就會開始作祟，性情變得狂躁不安，因此他們根本無法結交各類朋友。

他點點頭，在心中盤算，一邊將乳酪豆腐混在覆盆子燉飯內，然後一口一口吞進去。「這麼說來，聽起來像是世界的協調者。」德古拉咬了幾口，沉思一會兒又說：「已經好久沒見過他們出沒了。你是傳承者嗎？」

男人露出神秘的微笑，吃了一口燉飯，慢慢在嘴巴中細嚼。「覆盆子是南方世界的食材，女巫竟然能讓它保持新鮮而美味，實在不簡單啊。」

女巫們互相靦腆的笑了笑。「若不在這點下功夫，久居森林的我們，可是會被自己的無聊淹沒啊。必須找點事做。動點腦筋。心情才會放鬆。」

「原來如此，時間多了，心自然能找到方向。」

「可不全然是心的關係，是太無聊造成的。」

「怎麼樣都沒關係，食物美味就夠了。」

「你的狀況我聽女巫說過了，」男人的眼睛直接望進德古拉的靈魂深處。無懼地望著他。彷彿已經全盤理解他。

德古拉突然被一雙灼熱的眼睛穿透，脖子突然漲紅起來。

「怎麼了？」德古拉說：「我臉上有東西嗎？」

「你聽好，我會幫你找回寧靜的生活，」男人以一種驕傲的語氣說：「但你必須遷移到古堡後的深山，至於古堡就交由我來處理，除了每年給你固定的傭金外，生活其他一切都不需要擔憂。至於世人們的觀感，恐怕還得費一點心思，但最終能讓他們改觀，……」

德古拉瞠目結舌。「怎…怎麼辦到的？」

「這是我的工作。」男人冷酷的說：「……話說這麼好吃的燉飯，冷掉就失去美味了，大家不吃嗎？」

空間中頓時沉靜，所有人開始一口接著一口，傳來一道道湯匙的聲響，突然一股臭味從中流瀉，大家你看我我看你，只是混著臭味，繼續吃著燉飯。

其中一名女巫走到窗邊，打開窗戶，頓時間蟲鳴聲充斥著整個屋子。

「我還不知道是誰放屁這麼臭呢。」同卵雙胞胎姊姊說。

「好像鼬鼠啊。」同卵雙胞胎妹妹說。

「有雞蛋味。」男人說：「吃東西的時候太急。可能平時做事情太急躁，或許比別人慢一步，才是正常的速度。而且做飯的時候，應該常常煮不熟，急著吃。另外，長期吃不熟的食物，胃部的負擔相當大喔。」

德古拉目瞪口呆。「這種事情也可以知道嗎？」

「可以的。身為協調師，觀察是必須，因此多了解生活知識，從這邊下手，比較容易取得對方的信任。但這都是題外話，」男人把手懸在空中，似在沉思，過一會兒又說：「唔，你的櫃子中，好像有我喜歡的東西。」

「我的櫃子？」

「你能把那送給我嗎？就當作是見面禮。」

見面禮？德古拉在腦中思考，仔細觀察這個男人。不可思議。眼前這名協調者打算將整個吸血鬼家族與世間重新做調合，這怎麼想都是一件困難的工程，但他竟然願意攬下，承擔改變世界的風險。他相當訝異。畢竟這不是一般人能辦到的事。他望著他澄澈的眼神，毫無道理地相信他。

「你到底是誰？」

「我嗎？」男人笑了一聲。「不重要。重要的是，接下來這件事。」

德古拉愣了一會，又說：「什麼？」

「將過去的仇恨放下。對獵人的一切恨意放下。」

德古拉幾乎被看穿，久久不語。

「怎麼樣？」男人說：「除了見面禮外，這是最後一個條件。你同意後，世界就會開始產生協調。」

「這不是一件容易的事。」德古拉嘆了一口氣，緊緊握住拳頭，身體開始顫抖，那之間包含著憤怒、憂傷、恐懼、以及強烈的恨意。

怎麼可能，我的整個家族被毀滅。

我們什麼都沒做。

復仇的計畫還未展開啊。

男人無視這種狀況，不給予安慰，只是冷酷又蠻橫地說：「唯有將仇恨放下，我的協調才能在世界產生變化。這是相對的力量，你必須相信，你必須照做，而且深信不疑。」

聲音鏗鏘有力。德古拉像個孩子般，從黑暗的深淵抬起頭，無助地望著他。

「我該怎麼做才好？」

「把你的恨意放下！」男人一邊說，德古拉一邊感受到一股溫暖的力量正環繞著身體。之後，德古拉點點頭，心中僵硬的部分逐漸融化，那一瞬間的仇恨彷彿就此消散。

韓德爾的《沙巴女王來臨》。

好了，閉上眼睛，現在來聽歌吧。

就這樣，他的手鬆開了。

讓那沙巴女王走進來。

邁開腳步，大展笑容。

騎士坐馬上，伺女捧鮮花。
降臨歡樂。
陽光普照。
大家都喜歡大家。

3. 協調師的任務

站在戰爭相對的那一方，並非和平，而是協調。

人與人之間；種族與種族之間；文化與文化之間，因著環境的不同，必定產生各種高低優劣、善惡是非。

但協調師所需具備的思考模式並非如此，而是包含了整個世界。也就是包容一切。

不把旁人認為的對，當作世界的對；不把旁人的錯，當作世界的錯。也就是說，世界無非對錯，抱持的立場不同罷了。

身為一名頂尖的協調師，若沒有包容心，就無法被認證為協調師。

協調師的任務如下：

把這邊的失敗與那邊的失敗，運用第三方的力量，讓生命變得更有價值。其中，創造性是首要，溝通力和協調力才是其次。當然最重要的是要有一顆真誠的心，願意幫助每個種族的困難，以及傾聽他們的痛苦。

而靠這種工作過活的人，一開始當然不大順利，除了認識的朋友有限外，還得遭受無明者的惡意毀謗。但這些都是過程，隨著年紀和智慧的增加，勢必會站穩腳步，鞏固自己的地盤，達成一種游刃有餘的狀態。

不過也不是每次都能成功，遇上特別頑固、蠻橫不講理的種族，有時還得略施手段：像是對付使用女巫的魔法藥水，得一邊威脅，一邊利誘。

有時則需要扮演不同的角色：像是扮演威嚴者，讓一方產生畏懼，使其屈服。

有時則待在家中，請貓頭鷹送信，就能達成協調。

總之，各種手段、各路朋友都派得上用場，最愚笨的方式就是單憑一己之力，應付全局。那未免太辛苦及自傲了。

除此之外，協調者還必須重視種族間的誠信度。

背叛或臨時反悔的可能性很大，因此必須事先調查信用度，最好能與一位熟悉古今中外的史料家做爲合作夥伴，降低一切的風險。

傑從一出生就註定要當協調者，因此從幼年時已跟在大協調者旁邊學習。他從實際接觸的經驗中，摸索出一套能與種族間快速建立關係的方法，但在一次亞歷三泰勞虎迪尼爾的事件中，他徹底變了一個人，不再能與人擁有深厚的關係，性格變得越來越孤僻，越來越冷漠，越來越令人難以捉摸，……

4. 傑的傳承

一個小時前，傑打電話來說：「馬上聽廣播，對妳很重要。」

蘇易措手不及，打開家裡的收音機，一邊聽著女巫的故事，一邊想著傑。

傑經常蠻橫無理的闖進來，要她聽令辦事，做事十分霸道。她常常私下埋怨他，覺得他的作風太強硬，好像她非得待在那守著他，而她要找他時，卻找不著。

不過她想，應該誰也找不到傑，畢竟傑既孤傲又不可理喻，時常給人一種與世間毫無關聯的感覺，彷彿人在眼前，但語氣及心思飄在遙遠的地方，而且每次兩人碰面，傑辦完事就離開，總是談不上話。只有他們初見面時，傑表現的稍微熱心和善解人意。

她記得那時他足足跟蹤了她三天三夜，直到第四天晚上，事情才隨著一陣緩慢的敲門聲而展開。

她先是驚醒，久久詫異，然後才回到現實。

之所以會有這種反應，全因為她是個孤僻的人。家中從未有過友人來訪，也沒有與外界聯繫，可以說獨自活在完全封閉的生活中。

那天深夜，敲門聲以固定的旋律持續著。

當時，她就站在門邊，不打算開門。

「抱歉，你找錯人了。」她羞怯地說著，試圖趕走門外的客人。

「我誰都不認識，請你離開。」

同時間，她將手放在門把上，耳朵貼緊木門，謹慎且好奇地等著。

然後，敲門聲停止了。

一陣沉寂感迎來，她屏氣凝神。

那個人似乎正努力隱藏著氣息，但其中又透露出破門而入的氣勢，她敏銳地感受著，緊抓著門把。

又過了一會兒，空氣中什麼感覺也沒了。

外面的人想必走了。

她好奇地推開門，但門突然被一股強烈的力量往外拉，直到面前出現一團黑影。她的手瞬間抽離，整個人呆若木雞，就這樣退縮了。（那明明是她的家。）

「妳不用怕我。我不是那群無知的人類。我是傑。你可以信任我。」

又是一片沉寂。

她瞪著高大的他。

「你誰都可以不用相信，但我是傑，你必須完全地信任我。相信一半或相信八成，那都沒用，我要的信任是百分之百，這麼一來，我們會有一段很美好的開始和結束。」

從來沒有人願意信任她，或是要她信任對方，因此她的防備心動搖了。

傑不像那群人類。不像那群一看見她就要躲要罵的人類。他的語氣反倒流露出一種憐愛。一種對於小動物的同情。大概是那樣子。

是嗎？是那樣子嗎？

僅僅一刻，她察覺到自己正被愛著，後來又自卑地推掉了。

她看著傑。傑全身充滿自信，擁著一張冷靜又高貴的臉蛋，予人一種得天獨厚的氣質。但其實他的臉黝黑。是光線的關係，讓他的臉產生一種脆弱的形象。不過再仔細觀察，可以發現他的內心帶有一種無畏無懼的意志力。

蘇易不曉得如何是好，看著傑一步步走進房子。

應該拒絕的？她回想。

牆上明明有獵槍。

但若是舉著獵槍，傑還硬闖進來，她敢發射嗎？

一定不會。她不擅長傷害別人。

兩人後來安靜的坐在廚房。她那時不知道要倒茶給傑，就這樣等待時間流逝。那時傑在做什麼呢？啊。對了。他正閉上眼，用身體感受著房子的氣息，同時也試著理解蘇易的生活。

兩人後來說什麼？爲什麼他會從手提箱中拿出藍綠色藥水？

她忘了，太久了。

太久了。

只記得，所有的談話都是傑在主導，她只有點頭的份。

「我實在不大清楚你的來意，太快了，一下要我這樣，一下要我那樣。我可是從來沒接受過任何人的意見，一直以來都是我自己過著自己的生活啊。」

「當然不只是清潔婦，而是做為協調者的一部分學習。也就是說，妳的生命從今天開始會活過來，過去那些災難，不會再發生了。」

「這種事不是你說了算！」她氣得漲紅。

怎麼會有如此囂張，蠻橫無理的傢伙！

竟然把這幾十年來她所遭受的辛苦，一句話就那麼含混過去。

怎麼可能？！

怎麼可能！

那可是命運啊！？

偉大的命運啊！

悲慘又可憐的蘇易命運啊！

她自己雖然不喜歡，但真要把屬於她的命運抽走，竟然有點捨不得，因此她有點反抗。

「唯一的要求是，妳得在那邊靜靜的做事，可以嗎？」

他問了三遍。蘇易沉默著。

「妳要的是不被人討厭。這份工作會讓妳備受喜愛。那種被人喜歡的感覺，不正是妳一直以來夢寐以求的？」

她不敢點頭。「你爲什麼要幫我？」

「我耐性有限，妳最好快點決定。」

「先讓我上個廁所，好嗎？」

她沒等他答應，走向廁所。關上門。在門後重重的深吸一口氣。這幾年來，她很少與人交談，一下子交流太多，事情太亂，她來不及思考。但就像傑所說，這一輩子，她有機會擺脫討厭的體臭味。

就這一次，她想。

聞著廁所的芳香劑。吐了一口氣。再吸一口氣。

是了，她想被愛。想讓人喜愛。就這樣了，還能更糟嗎？

傑不像壞人，反倒像善良的天使。〔後來發現這是誤解。〕

她內心紛亂無比，臉上毫無表情，從廁所走出來，重新坐在傑面前。

「決定了嗎？」

她完全接受他的安排，臉上依然面無表情。

他似乎看懂了，將藍綠色藥水端正地放在桌上。

「喝下去。不，我這種說法不大恰當，不是隨便喝，而是要想著自己會變好，保持輕鬆的心情。」

「我已經很久不能輕鬆了。那個意思我不大明白，可以請你解釋嗎？」

「那種感覺就像睡了一天覺的松鼠終於出來曬太陽。」

她想著那個畫面，但有點困難。她幾乎沒正眼看過松鼠和太陽，只看過黑暗和老鼠。不過她願意試試看，這點並不難。

「我會照你的吩咐做。」

「還有問題嗎？」

「我得做什麼工作？」

「不用擔心，自然有人替妳安排。」

「那麼藥水的後遺症呢？」

他摸了下巴。「不是什麼大不了的事。就是你可以享用一輩子的自由之身。」

「什麼意思？」

「妳能放下對過去的一切仇恨嗎？」

這是他慣常的結尾，但此次卻被反駁了。

不，應該說以極其機巧的方式逃過了。

不，若深入蘇易的眼神，能看見相當純淨的東西，那種不會被世間汙染的東西。難道這是獨居的優點嗎？他思考著。

「就如同我剛剛說的，我不大懂這句話的意思。您說的『仇恨』兩個字，究竟是什麼樣的東西？可能要稍微解釋一下。」

「愛之欲其生；恨之欲其死。世界所謂惡的產生都是由仇恨所累積的，然則，若人們愛過，必定恨過，……所有的仇恨……皆是由許多不協調的愛所造成。」

「我還是不大清楚，世間所謂的愛，究竟是什麼模樣呢？」

「愛嗎？」

兩人沉默。

「愛啊，就是用說也說不清楚的，妳會這麼問，代表妳未曾愛過。」

「那是當然的。畢竟我又臭又孤僻啊。」她將臉低下來。

「一個人由不協調的愛滋長會升起仇恨，可是無愛的滋長卻會產生卑心。妳對自己不滿意，不知道如何愛別人，是嗎？」

「不。這個世界上，根本不會有人愛我，從一出生就是如此。而我也不可能奮不顧身的愛上一個人。說實在，那太難為情了。」

「本來我還有點擔心，這瓶藥水帶給妳的後遺症，」傑說：「但現在我稱它為『被祝福的藥水』。」

「啊？」

「妳沒有對過去那些傷害妳的人產生仇恨，這當然很好。不過若是將來妳活在群體中，必定會感受到愛。」

「您到底想說什麼？」

「我舉個例子，像妳這種年輕女孩，到了一定的年紀就會夢想愛情。但是你要永遠討大家喜愛，就不能渴望愛情。畢竟這個和那個是不相衡的東西。不過妳本來的身體就不相衡，所以只是調了一下。」

「愛情？」她似乎生平聽到這個詞，瞪大眼睛。「我不知道。」

「大家都需要愛情，尤其是特別容易寂寞的人。不過我剛剛說過，妳本來的身體就不相衡，所以一但接近愛情，身體就會產生變化。」

「什麼變化？」

「人會變漂亮，同時身體越來越臭。」

她搖搖頭。「我不要變臭。現在夠臭了。」

「很好，」他說：「喝下這瓶藥水，身體會開始慢慢轉變。過程中，可能會遭遇困難，但只要學著調適，最後妳會喜歡自己的。」

就這樣，傑像辦完正事般，起身向蘇易禮敬，走到門邊，向她說了一聲晚安。

晚安，她回應，不敢正眼看他。

「希望妳盡早服用，上次握有這瓶藥水的人，可是猶豫了好幾個世紀，造成了世界的停滯。」傑說：

「大家都討厭猶豫不決的人哪。」

「我知道了。」

傑轉身離去，這時蘇易才抬頭看著他離去的背影。

當天深夜，她吃完起司乳酪蛋糕，坐在餐桌前，想著剛剛的事情，但後來腦袋一片空白。沒什麼好想了，能讓自己解決悲慘命運的方法就在手上。

她握著那瓶綠色藥水，閉上眼睛，開始想像松鼠出來曬太陽的模樣。儘管有點困難，但她試了。而且大家討厭猶豫不決和長篇大論的人。

現在她身體慢慢放鬆。深呼吸。放鬆。肩膀也開始放鬆。她想起他說「要想著自己會變好」。她盡量。也只能盡力想像。

打開瓶蓋，藍綠色藥水沒有味道，然後她深呼吸，吐氣，閉上眼，一口喝光，接著迎來一股睡意，人乾脆趴在餐桌上睡著了。

我們會爲妳祝福的，羊蹄爾森在清晨默默地祈禱著。

5. 討人喜歡的讀者

寫完最後一個字，我筋疲力盡的癱在椅子上。

終於。山看得見一點點面貌，再過一陣子，陽光就會使霧氣退散，現出整座山的面貌。剛完成的手稿就在手上，還能感受到紙張的餘溫。

再次望著窗外，此時是美麗的山稜線和一望無際的天空。天地間相當清明，而這一切都源自於陽光。跌倒、迷失在黑暗中的時候，有好幾次，我就想著窗外的陽光，努力感受那溫度，讓思緒紛亂的部分，就此落定成清晰的脈絡。

但「詛咒變成祝福」，這樣的事情可行嗎？

依故事的經驗法則，過去從來只有發出負面、不好的意念，讓他人產生傷害的詛咒，卻少有正面、善意的念，讓他人的生命獲得祝福。

過去的創作者之所以這麼鋪排，無非在於產生衝擊、創造戲劇張力和故事高潮，使讀者的感官產生刺激，強化故事性。確實如此。若不創造一些衝擊，大家都不會買故事，因此我有點擔心，而且故事中一個壞人也沒有，連吸血鬼和巫婆都顯得軟弱和無助。

但這是百分百想像力十足，將讀者甩向另一個時空的故事。

好故事得由好讀者來鑑賞，不能仰賴大眾啊！

試過那麼多次，滿足大眾口味的書已經有太多人栽進去了。

只要一栽進去，就變得不像自己了。

不，我其實束手無策，無法斷定自己會創造出什麼。

但選擇要創造什麼，將什麼東西散播給人們是可以過濾的。

反正啦，我只是要一名充滿冒險心和好奇心的讀者前來搭救啊！

況且這些故事可是花時間下去做的東西。像極了平均律的旋律。多美妙啊。若讀者不懂得欣賞，看到一半睡著，或劇情貧乏得讓人生氣，毫無進展而產生暴動該怎麼辦呢。

生氣或傷心總是不好的。

我重新翻閱稿紙，審視自己。並無不可。

管他的，也只能這樣了。

不過未免太平凡，因此我決定調整方向，將C大調的平均律改為C小調、降E小調和F大調，往後就秉持這三種曲調進行創作，並且從中加入大量的奇幻元素，讓讀者釋放心靈的想像，回到最初的自己。

也就是五歲的自己。這是初衷。

不管怎麼樣，事情總是會有進展，只要偶爾出現巴哈的《羔羊將安然放牧》，緩和讀者的情緒，磨練耐性，勢必有一天會出現「討人喜歡的讀者」。

更何況八零年代的說書人也是這樣慢半拍哩。

就這樣吧。帶一個人上天堂，完全跳脫現實，再讓他們緩緩降落，踩到真實的地面。之後，我離開書桌，整個人大字型的趴在床上，就那樣呼呼地睡著了。

6. 被祝福的工作

很久很久以後，差不多也就是一個月之後，蘇易成爲掌舵的清潔婦。她是個知足的人，有一份穩定的工作，不再靠政府補助金生活，人也開始變得有自信。至於她當時變成老太婆的反應，除了當時在鏡子前驚嚇三分鐘外，接著就完全地接受老太婆的模樣，毫無埋怨，直至今日。

起初，蘇易對協調師這個職業產生濃厚的興趣，於是問瘦子。

「請問你當初來的時候，傑也請你學習做爲一名協調者嗎？」

「那是什麼？」瘦子癡愣地望著她。

「協調師。」蘇易說：「就是讓世界維持和諧、不互相對立。」

「不大明白，但是我讓人類的胃和食物產生和諧，並且成爲身體的養分，這算是協調師的工作嗎？」

看來傑沒有開門見山說，瘦子，你要成爲協調師，在這之前先在掌舵當一名廚師。這是做爲協調者學習的一部分。蘇易想，或許有些話，不必講得太清楚。

「那麼我要出發囉。」瘦子說：「請妳祝我好運，我已經很久沒有親自上街買菜了。」

一說完，蘇易看見瘦子騎著腳踏車衝破一群貓頭鷹。

貓頭鷹們高高地揮動翅膀，彷彿就要振翅飛翔，但貓頭鷹只是作勢，接著落在掌舵的長椅上，發出咕咕咕的叫聲。奇幻小鎮的貓頭鷹十分懶惰。只會咕咕咕地叫，像牆壁上的時鐘那樣叫著。

這些貓頭鷹是昨天傍晚胖子發現的，但他並沒有第一時間告訴大家，因此等到緊要關頭時，大家都氣壞了。

「這是預兆啊。」瘦子說。

「我知道是預兆。就算他要來好了，但那種事情怎麼可能啊。」

「船長的書一定是虛構的，」胖子說：「我用超乎常人的腦袋判斷後，發現這種事根本不可能發生啊。」

蘇易不大明白他們的對話，一再問了三遍，他們才肯告訴他。

「本來不想讓妳擔心，但我們都是掌舵的員工，沒有什麼事情不能說。」

一等瘦子說出事實時，蘇易張著嘴巴，腦袋空掉五秒。

他要來？是傑嗎？蘇易在心裡想了三遍。傑會出現嗎？

「這種事情應該更早提醒，」蘇易說：「他曾經交代我，若是他來到掌舵，所有的落地窗必須弄得非常乾淨，現在根本來不及啊。那可是大工程。」

「看來傑跟每個人交代的都不一樣。」瘦子說。

「你的是什麼？」蘇易問。

瘦子將話語吞了進去。

「別管那個了。船長的書上寫，如果事情辦不好，觸怒了傑，小鎮會出現活死人啊。」胖子說。

「活死人？」

「是啊。」瘦子說：「就是電視上那種活死人。」

蘇易嘴巴再次張得大大的。瘦子見狀，走進櫃台，從裡頭找出一本破爛的書，然後對著胖子說：「翻開上次那一頁。」

胖子翻開他吃水果派，不小心掉下鳳梨那一頁。

頁面上有鳳梨的味道。

蘇易低頭看見幾張混亂的插畫以及一段文字後，驚恐的看著瘦子。

瘦子搖搖頭。

「吃不飽？」

「只有像胖子這種無聊的人，才會發現這種事。」瘦子說。

「我沒聽錯嗎？」

「對小鎮來說，吃不飽是大事。」瘦子說：「而且我才不想讓我的廚房被一群活死人弄髒。」

蘇易簡直不敢相信，只好咬著牙吞下去。「這本書誰寫的？」

「以前在掌舵的員工。」胖子一邊搔癢一邊說。

「但那種事情只會出現在HBO。」蘇易說。

「管它什麼HBO，」瘦子說：「誰想讓這種事情發生嗎？」

「如果我們失敗，小鎮究竟會發生什麼事？」

瘦子和胖子面面相覷。

「妳還是搞不清楚狀況嗎？老太婆。」

胖子放了一聲響屁。

蘇易有些懊惱，想鑽到地洞。

好了，一起躺著沙發，現在來轉唱片吧。

愛德華．艾爾加的《威風凜凜進行曲》。

蘿蔔蹲。蘿蔔蹲。蘿蔔蹲完西瓜蹲。

大聲放歌。揮手揚旗。充滿喜悅。

男人唱低音，女人準高音。

大家齊聲高唱，頌讚生命的喜悅。

啦啦～啦啦啦啦～啦啦～啦啦啦啦～啦啦啦啦啦啦～

7. 有聲書

還不知道發生什麼事，於是當天晚上，蘇易用完晚餐，馬上從「好市場」的布袋中，拿出《船長航海指南》。那是一本古老破爛的書，上面字跡模糊、插圖掉色，其中有幾頁已經遺失不見。

她翻了幾頁，戴上老花眼鏡，在燈光下仔細看著日誌，一會聞到鳳梨的味道，一會聽見書中發出奇怪的雜聲。不難理解，什麼都會發生，但她究竟想從中明白什麼呢？其實她自己也不知道。

現在她有些煩惱，試圖抑制那陣怪聲。不知道怎麼回事，每次只要一翻動頁面，書就開始發出奇怪的疼痛聲，像是哎喲、哎喲喂呀、哎喲喲。

「你會痛嗎？」她試著問。五秒後，聽到回應。

「我老得不像話了。若你輕一點，我的骨頭就不會裂開了。」

「你把書當成身體了。」

她開始與書對話，不大能理解此刻發生的事。但這就是魔法吧。

她翻開第一頁，仔細搜索目錄，想知道內容是什麼，但突然間，一股光在書頁中流轉，所有的字體開始混亂飛舞，蘇易再也看不懂了。

此時，書又開始說話。「女巫在設置魔法時，還加了一道防線，你若不夠愛我，就看不見書中的奧義。」

「但要怎麼愛你呢？」

「首先，你得明白我是一本書。書需要被尊重，好好疼愛，有靈魂，有生命，甚至能教導你世界的一切。得有敬意，感謝作者下功夫和樹木的奉獻。」

「奉獻？」她愣了一會，懵懵懂懂，含糊說著：「我是愛書人，從以前到現在，如果沒有書的存在，我不可能度過每一個無聊又漫長的夜晚。」

「你是個愛書人，對嗎？」書說：「我最喜歡的朋友叫做孤獨，妳認識它嗎？」

「孤獨？」蘇易：「很抱歉，我的詞彙有限，但沒有人喜歡孤獨的。」

一說完，書開始沉默不語。她大概懂書的意思，有點生悶氣的感覺。

「不過這也太不公平了吧。」蘇易說：「我可是受人尊敬的婆婆，爲什麼不讓我讀《船長航海指南》呢？爲什麼偏偏是我？胖子或是瘦子他們難道就懂得如何愛書嗎？」

還是一陣悶氣。

蘇易語氣溫柔的說：「好吧，我得怎麼做，你才相信我是個愛書人呢？」

一陣孩子氣的聲音出現了。

「說你愛我。你愛我。你愛我。你愛我——」

蘇易不疑有他，輕聲又溫柔的說：「我愛你！我愛你！我愛你！」

一說完，書開心了。剛剛那陣混亂的字體，現在隨著一道光，慢慢回歸到原來的位置，一切都沉落下來。

確實需要安靜。一個安靜的空間。當一個人讀書時，最需要安靜了。她想問，那麼「安靜」也是你的朋友嗎？但她只是收在心中。

她翻開鳳梨丁那一頁，心臟突然劇烈跳動。

怦怦怦。

怦怦怦。

怦怦怦。

一個人讀字，兩顆眼睛盯著：

三個人我們那天。緊張一大早開始。事情激怒做不他好。天崩沒想到隔天地烈。世日小鎮末界。山天燃燒脈空烈焰。恐怖好。害多怕。

蘇易首先揉揉眼睛，確認自己沒有看錯。她大概確認五次。

字體混亂，但畫面竟隨之湧入腦中，不可思議，她繼續讀字：

一群出來公園活死人。園公跑。跑。跑。

鎮城闖住家入。區街。店商小。所廁。校學。場操。提機款。

吃要物食。吃要物食。一吃吃吃整天直一。

蘿蔔白。菜麗高。豬牛雞肉沒了。冰箱沒了。當便店沒菜。菜農沒菜。全食物都沒了。離開活死人吃完後。

蘇易無法想像小鎮的食物被吃光，也不希望活死人從公園出來，嚇壞老人和小孩，而且家庭主婦處理生活瑣事已經夠煩了，現在還得面臨男人們回家後，沒有食物吃，餓肚子發脾氣的情況。

家庭主婦眞辛苦，她想。

眞是太辛苦家庭主婦，她對自己點點頭。

指南上繼續寫著，蘇易睜大眼睛。

大事。飽不吃。鎮小來說這是。

大事。重要。非常。

飽不吃，人的小鎮。憤發怒瘋。

飽不吃，人的小鎮。大叫大哭。

飽不吃，人的小鎮。失感情和。
飽不吃，人的小鎮。跳到抓魚河裡裸體。
飽不吃，人的小鎮。家裡關在拼命。
飽不吃，人的小鎮。想咬肉對方的拚了命。
飽不吃，人的小鎮。女巫拼命出現麻煩胖子。

蘇易在此停頓一陣子，對女巫的事相當納悶。上面說明那一陣子，小鎮上的十三名胖子，全被不知哪裡來的女巫，以「犧牲奉獻」的名義，要求他們在群眾面前發誓。

接下來蘇易繼續讀字，理解成自己心中的畫面。

當時的情況如下：

女巫在沒有旗子的升旗台面前，聚集吃不飽的鎮民，及部分孩子，運用從大城市學來的語言力量，激發他們的情緒，燃起他們心中的暴力。

這份暴力來得恰當。

鎮民需要這份暴力，以便排解肚子餓的憤怒。

鎮民也確實需要這份暴力，排解生活的無聊。

生命是犧牲奉獻，女巫說。

生命是愛與付出，女巫說。

當時沒有任何大人發問，除了一位剛滿十四歲的孩子。他勇敢的舉手。

「好像不太好，似乎是犯法的啊？」說話還有點顫抖音。

全場一陣沉默。

沉默的原因在大城市中有好幾百種情況，但在小鎮裡只有一種情況，那就是他們腦袋空空，不知道該怎麼回答，萬一有人問起，他們只能說他們比較擅長傾聽。似乎只要說出自己比較喜歡傾聽，事情就會落下來。小鎮的人深諳這項道理，屢試不爽。他們早已習慣一邊假裝高深，一邊敷衍推進。

風沒有吹，當天有點熱，人們背對夕陽。

三分鐘後，一名像是帶頭的女巫站出來，以直視的眼光，射破孩子的眼睛。

「可汗眞經中要求我們必須餵飽飢餓的人。」

孩子聽不懂，因此他又重複一次。

「可汗眞經。一本重要的書。書上要求我們必須餵飽飢餓的人。」

那名孩子壓根兒沒聽過可汗眞經，只是噢了一聲，從此閉上嘴巴。

小鎮上的大人們恐怕也沒聽過可汗眞經，但在孩子面前，他們頻頻點頭，裝模作樣。最後所有鎮民流著口水，看著台上的十三名胖子。（大家實在太餓了）

台上的胖子們不斷搖頭、嘶吼、拒絕接受一切。

胖子們當然不肯妥協，於是聲稱要集結大城市的法律，控訴這一切。雖然他們在眾人面前大聲講話，看上去相當堅強，但心底其實怕極了。

他們怕的不是暴力。或肉體上的殘忍手段。

而是不懷好意的關心、耐心與愛心。

女巫，——這一群女巫——他們已經花好幾個晚上的時間，在每個胖子的耳邊講道理，直到他們願意接受大腿內側切除手術，以便餵飽小鎮飢餓的人們。

胖子們無法想像那種夜晚。

同樣的，蘇易也無法想像。沒有人會喜歡整夜不喝酒，一直講道理的夜晚，那對於胖子們這類享樂主義的人來說，實在太痛苦了。

現在蘇易突然感到疲累，就那樣躺在沙發上沉沉地睡著了。

8. 胖子的幸運

一般人對時間的概念或許粗略，但胖子可以相當準確的判斷。一個小時的準確性，以食物的方式計算，他可以吃光兩碗拉麵、三顆滷蛋、四條小黃瓜、五顆酪梨、檸檬，以及七包辣味洋芋片。

胖子知道，一個小時是這樣的時間。

而今天的這一個小時間，胖子知道自己不用擔心肚子餓的問題，稍早他趁著瘦子出去時，已經偷吃完南瓜派。

胖子的生活似乎特別餘裕，不過一到重要時刻，不免令人提心吊膽。就像現在，胖子的肚子開始作怪。等到眞正鬧肚子時，他只能拼命將自己關進馬桶，拼命懊惱，拼命擔心自己即將錯過重要的客人。畢竟他們先前談好，只要他來，他就得站在櫃台，笑著迎接他。

那位重要的客人賦予他的任務全是一些微不足道的事。他相信任何一台機器招財貓都能取代胖子。可是他偏偏挑上胖子。

這是胖子的幸運。

不過話說回來，胖子似乎非得扮演幸運的角色，才能突顯小鎮內其他遭逢不幸的人們。就是這樣，好與壞，幸運與不幸，諸如此類。

當天十二點整，一個熟悉的面孔出現在掌舵門口。

但櫃台沒有人。

等到胖子走出洗手間，發現樓梯尚有動靜，知道事情已經錯過。

當時是十二點零三分。

錯過就錯過，胖子心想。總不可能向老天要回三分鐘吧。

接著胖子走進櫃台，看見蘇易緊張的下樓，縮進廚房，與瘦子商量午餐。

瘦子想從蘇易身上得知傑的心情，以便決定調味醬要加多少。現在兩人耐心的溝通。平時說幾句就開始吵起來的兩人，此刻竟然能好好說話，實在不可思議。

傑說起來不算大人物，可是小鎮竟然會因爲傑的情緒而引出活死人，蘇易懷著疑問上樓，並在第三格與第九格的階梯間動了一個恐怖的念頭。

那就生氣吧，就讓他生氣吧。

就讓她這個孤陋寡聞的大女孩，見識一下活死人從公園跑出來，吃光小鎮所有食物的情況吧。她體內的瘋狂基因，不斷激勵她這麼做。

那就故意倒錯咖啡。

拉麵加錯調味料。

放吵鬧的龐克音樂。

或刻意不把落地窗擦乾淨。

做什麼都好，就是更多的錯誤，讓他難以安寧，進而生氣引出活死人，毀滅小鎮，那就什麼事都不用做啦。

但真正見到傑時，蘇易所有的想法落在腳後，心中生出無限的溫柔。

她不忍心傑那個樣子。

傑，掌舵的老闆，此刻正坐在木椅上，眼睛盯著辣湯麵，身體沉默進去，相當痛苦。相當寂寞，像是哪邊受了傷的樣子，……

傑的表情上，能見到很多深刻的東西。比較深沉的東西。蘇易說不出來。或許再過幾年，她可以準確判斷那是什麼。

蘇易只覺得那是一種既深沉又凌亂的孤寂感

或許是都市人所說的「孤獨」。但又不大像。那中間包含了疲憊的氣味。

非常的累。傑，究竟經歷多少事情，遇上多少像她這樣的人？

這一切，蘇易好奇，卻不敢問。接著，傑的眼睛開始恢復光亮，緩緩的說：「沖一杯更新鮮的咖啡上來，好嗎？」

蘇易愣住。她手上的咖啡，傑根本還沒喝過。應該說，剛沖好的咖啡，蘇易根本還沒送到傑的面前，傑卻要求她再重泡一次。

「好。馬上來。」蘇易乖乖回話，深怕傑一生氣，後果不堪設想。

傑難搞。相當難搞。不過她知道傑有他的一套規則，一定是看出了哪邊不妥，善意的要求她。

下樓前，蘇易聽到傑輕輕說了一聲謝謝，她來不及反應，也就乾脆下樓。現在她走進廚房，心想不對，又走回吧台，看見胖子無所事事。

「你根本狀況外。」

「啊？」胖子過了五秒才回答。

「我們從一大早就在打仗，而你卻躲在地洞悠哉。」

瘦子端了一些草莓蛋糕走過來，放進吧台的櫥窗櫃，用鑰匙鎖上。

「蘇易，別理他，」瘦子說：「那個人覺得怎麼樣？」

「湯麵嗎？」蘇易說：「麵可能太燙的樣子，他還沒動口。」

「但是心情應該蠻愉快的，是吧？」瘦子說。

「愉快？」蘇易有點困惑。

「廚房聽得見他在哼歌。」

蘇易瞪大眼睛。

胖子將臉湊近草莓蛋糕的玻璃櫥櫃。瘦子要他離開。胖子不肯。瘦子開始哼唱傑的旋律。

「是一首歌劇的旋律。」瘦子說：「現在城市正在流行這種東西。」

「歌劇？」

「歌劇就是在半夜聽的時候，會讓人覺得毛骨悚然的東西。」胖子突然插話。

「我們不提這個，妳剛剛下來做什麼？」瘦子說。

蘇易這時才想起自己不能光顧著說話，得動手煮咖啡才對。

在七月的大熱天中，傑穿著冬天的大衣以及羊毛皮靴，沒有流汗的跡象，一點也不怕熱，給人還活在冬天的感覺，蘇易想。確定這幾個字。然後她打了個噴嚏，全身開始發冷。是在肌膚感受到滚水的霧氣時，才知道自己不能再拖。

不能耽溺在太多想法中而沒有行動，這是她最近的反省。

得趕緊將這杯新鮮的巴拿馬咖啡拿上去。

在掌舵內，她只會煮咖啡和打掃，至於咖啡豆的選擇，蘇易則是一竅不通，也不知道傑喜歡的口味，這些全是她稍早跟瘦子討論出來的。

根據瘦子的記憶，傑喜歡喝酸，略帶苦味而且會在喉嚨回甘的咖啡。

「從哪邊知道？」她問瘦子。

「就是這樣，沒得解釋，說不清哪。」瘦子摸摸頭。

「是天賦嗎？光憑一眼就知道，他喜歡的口味？」

「或許吧。」

「這確實是種天賦。」

「出過差錯嗎？」蘇易又問。

「好幾百萬次。」瘦子說：「經過好幾百萬次的經驗，才漸漸抓住那個東西。」

「毅力驚人。」蘇易用這句話結束話題。

往後只要一提到關於食物的事，瘦子說什麼，她就做什麼。

現在她將咖啡端上樓，像一隻靜悄悄的貓，緩步接近，全身警戒，直到咖啡送到傑的桌上，她才鬆一口氣。

傑此時已換了動作，雙手交扣抱胸，視線放向遙遠的地方，然後一動也不動。他的坐法看上去相當輕盈，彷彿他的靈魂不在這邊，而是在另一端。

蘇易再次看著傑，想形容那種感覺，但試了幾次，決定放棄。太困難了，對她而言，實在太困難了。

此時，傑動了一下。

蘇易在遠遠的地方觀察他，好像傑是獵物。

傑動了第二下。身軀緩緩向前，開始吃起麵。那個模樣像例行公事般，只是吃著，毫無感覺。但這對大家而言，應該算是好事。畢竟如果再要求重煮一碗熱騰騰的辣湯麵，眞不知瘦子會怎麼想。

傑將麵一條一條的吸上來，並含在嘴中，緩緩感受麵條的香味。

是辣的，蘇易想。

但像傑這麼深沉的人，怎麼會喜歡吃辣呢？她感到相當好奇。她在書中看過，吃辣的人愛好冒險，喜歡追逐刺激，但傑看上去不像這種人。

在她跟傑接觸的過程中，她發現他年輕老成，給人一種穩重感。而這種穩重感讓傑像一艘堅固的船隻，只要誰走得上去，就能跟著傑，看見外面的風景。但深入認識傑之後，會發現傑那艘船隻，只是看似開放，其實拒絕任何人上船，只願意在每一個港口卸貨，然後離開。

她看著傑，希望分擔一點點傑的什麼。她在乎他。沒錯。她是在乎他的。雖然一直以來，他對她漠不關心。可是她不一樣，她知道他救了她，她關心他。

她試圖從各種角度去了解傑，但最後似乎無法定義傑。

整個下午，傑待在二樓，身體縮在座位上，眼神望向遠方，一動也不動。

傍晚前，蘇易看見貓頭鷹一一飛離掌舵，往山上的城堡飛去。她大概知道那個意思，也就是傑要離開了。她把大家叫來，確定這件事。

沒多久後，傑緩慢地從二樓下來，一步一步踏出門外，臉上沒有表情。

三個人望著傑的身影，不敢動作。直到傑踏出門口，蘇易終於忍不住，上前叫住他。

「請問，您在那個地方，究竟在想什麼？」

傑沒有立刻回話，過一陣子才緩緩轉頭說：「我？」

她看見他臉上面無表情。「什麼也沒想。」

「是傑在城市那邊的事嗎？」

「沒什麼。真的沒什麼。」他這樣告訴蘇易。她不相信。

「城市？」他輕輕笑了兩聲。「妳知道我去過城市？」

「噢，不，是瘦子，」蘇易說：「他說你今天哼的那首歌來自城市。」

「妳對城市有興趣嗎？」

「我？」蘇易自嘲說：「怎麼可能，我連城市是什麼都不知道。」

「但妳想去，是嗎？」

「城市給我的養分。妳看見了，妳想要到城市。」

她有些生氣，不知道自己爲什麼要生氣，於是又說：「我不想到城市。我只想待在小鎮。」

「妳說謊。」

她不知所措。她不是故意要反駁傑。現在倒惹傑不開心。她不喜歡這樣。

「我沒有說謊。」

「蘇易，妳不能說謊。妳一說謊，魔法會失效。」

大家都聽見了。蘇易身上有魔法。

「我沒有說謊，我身上沒有魔法，大家只是需要一個信念。」

「不，妳身上有魔法。我在妳身上放了魔法。妳必須相信，不僅僅是信念。妳看過太多人，因爲妳身上的魔法而改變生活，但是妳卻反駁它，這是怎麼回事？是什麼困住了妳？」

蘇易簡直啞口無言。

「愛？」他笑了笑。「我們說過，妳不能有這種感情。一但有了，妳就無法專心工作。而我只要妳專心工作，不是嗎？」

她點點頭。心中突然下起大雨。那一瞬間，瘦子和胖子看見蘇易的臉突然變年輕，變回一個少女的臉蛋。

「那麼至少告訴我，你在想什麼？在那個大城市中，一定有讓你困擾的東西，否則你不會看起來那麼痛苦。」

她自己也沒想到會說出這種話。這句話剛好刺中了傑。傑當時以非常巧妙的手段，避開了蘇易。現在她又變回了老太婆。

「妳聽過心的聲音嗎？」

她試過。每個晚上，她靜下來聽心的聲音，但她只聽見心臟的聲音。

「怦怦怦的。」

「心臟怦怦怦的。」她再說一次。

「妳若沒有用心聽，是永遠無法成爲協調師的。」他突然大聲說話。傑的臉像是洩氣的皮球般。然後傑離開了。

蘇易看著傑的背影，久久思考那句話。

此時，胖子走出去，站在旁邊陪伴她。

「其實我只是想關心他。」，

「但傑不需要。」

「沒有那種事。」

「蘇易，他生氣了嗎？」

「我不知道。」

「明天會如何？」

「我不知道。」

「活死人的事呢？」

「該來的就來吧。」

「可是，我是胖子，……書上說的那種事情我最擔心了，……」

「平常沒做什麼事，奉獻一點也贅肉，也不是什麼大不了的事。」

這時，胖子束起肚子，開始感到驚恐。
這當然不是開玩笑。

來吧！來聽城市的歌劇！
貝里尼的《銀色的月光》

將月亮滾上天空。
潑灑銀色錢幣。
嘩啦啦。
嘩啦啦。
天空下起好多錢。
從此變成有錢人。
好開心。
好開心。

9. 船長航海指南上的秘密

……當天晚上，蘇易躺在沙發上，肚子放著《船長航海指南》，翻開昨天那頁。她有點睏，快速翻過幾頁，故事就此開始，……

……

……但最終胖子們被感化了。

每一個胖子都向女巫點頭，共同簽下大腿內側切除手術同意書。

當晚，巫醫立刻進行手術，還多動了肚子上的贅肉。

這件事不合法，但那時胖子們早已被麻醉劑弄到不省人事了。

顧不了太多，還有人挨餓呢，女巫想。

隔天下午，當胖子們還在屋中休養時，女巫們召集了鎮民，在升旗台前，掛著一串串乾淨的生肉，向大眾宣告：

這是象徵性的一刻。我的鎮民們！

這是團結戰勝一切的時刻，我的鎮民們！

這不是戰爭或和平的時刻！
這是肚子飢餓與即將塡飽的時刻！
因爲飢餓，所以才會產生戰爭！
如今即將飽足，光明的和平即將來臨！
我的鎮民們！你們的智慧是被認可的！
老鼠的孩子是老鼠，老虎的孩子是老虎，無知的人類若想更動這一切，必定遭致災難。
偉大的命運啊！請審判無知的人們！罪惡有其因果！
啊！我所敬愛的可汗眞者，感謝 祢給予我們這一切！
降臨吧！我的可汗眞者！
顯聖蹟吧！我的可汗眞者！
我全能的主啊！我全能的造物主！
祢是我所臣服的一切！
我們的血由祢所造！
我們的生活由祢主導！
可汗眞者的思想就是我們的思想！
……

……

最後鎮民和女巫，不知從哪裡弄來葡萄酒，在藍色月光下，一邊升起營火，繞著火光唱歌，大口喝酒、大口吃肉。

但上次那名發言的孩子，卻在人群中流下眼淚。

這一滴淚象徵著寶貴的東西。

而這東西是傑一生中所奮力保護的。

……

……

那東西是什麼，蘇易不知道。可是書上這麼寫，一定有原因。

傑在那個年代就存在了嗎？這樣往前推算，傑可是活了超過一百年。不可思議。傑難道不是人？或傑是活死人？極有可能。

她立刻闔上書。書叫了一聲。

「我不想知道太多秘密。」蘇易說：「你別再告訴我了。」

「很痛欸，老太婆！」

「看書唯一的好處是會知道太多事，而且人生會變重。」

「說那什麼話，我全部告訴你了，你竟然說我讓你變胖！」

「一定有讓人生變輕的書，這跟你無關，而是跟寫的人有關。」

「反正啦，我全都告訴你啦，這不是秘密了。」

「當妳讀過，這些都不是秘密啦。」

……

……

她不喜歡事情的發展，畢竟知道太多秘密的人，通常會成爲眾矢之的，被暗殺，或成爲某個民族追討的對象。就是那麼回事。

過去所有的情節都指向類似的角色，不管知道秘密多久，最後都會橫死街頭。沒有一個角色是懷著秘密，快樂而幸福地活下來。

就算活下來，也懷著愧疚度過餘生，而她只要簡單的生活，當一個認眞工作的好員工，不想成爲沉重的人。

……

……我的天哪。

蘇易對自己一瞬間變成懷有秘密的人感到不安。

就在這時，有人敲門。她夾緊屁股，驚恐地看著門。

叩叩叩！！叩叩叩！叩叩叩！！

急著敲門。事情顯然不對勁。而且是大半夜。若說現在開門，出現一名巫婆，用咒語把她變成蟑螂，她也不會感到意外。但若可以選擇，她想變成一隻紳士企鵝，跟著冰河的融解而滅亡。

開了門，夾緊屁股，手顫抖著。

是武橘。

武橘一見到她，就像溺水者抱到救生圈般，緊抓著她。

「蘇易，我好像造成災難了。」

一邊說，武橘一邊流下眼淚。她顯然不知道怎麼處置，於是請他先進來，接著要他坐下，喝一杯溫開水。

等到水咕嚕咕嚕地吞進肚子裡時，武橘才平靜過來。

「我的面膜賣得越來越好，人們越來越美，……」

「這看起來不是件壞事？」

「可是那些買不起面膜的女孩，似乎相當可憐，……」

「我懂你的意思，如果真的過意不去的話，把錢捐給慈善機構吧。我是說捐給那些需要的人。」

「就這樣子嗎？」

「事情沒那麼複雜。」

「是嗎？」

「複雜的是人心啊！」

「嗯，我懂了。」武橋說：「這樣會好受一點。我賺太多錢了。錢會蠱惑人心。妳知道嗎？我開始用一些金錢的手段去解決事情。我知道我不應該這麼做，但是我只剩下錢。」

兩人在深夜中沉寂。

「沒事的。一切都會沒事的。」

「蘇易，妳知道什麼是戰爭嗎？」

她搖搖頭。

她對戰爭一無所知。

「可能會引來戰爭。」武橋說：「我把一部分的錢捐給地下組織，他們開始進行恐怖活動。這不能怪我，我不知道他們會壯大成這樣。畢竟他們威脅我，每個月匯錢給他們，否則我跟女兒就會有性命危險。我顧不了那麼多，我只是匯錢到銀行帳戶。」

「啊。」蘇易發出了類似的聲音，顯然不知道事情的嚴重性。

「我不知道，傑沒有教過這種事。」

「傑？」

「別管了，總之人平安就好。」

蘇易試著安撫他，但同時強烈的感到害怕。

這難道又是另一件秘密？

戰爭？

即將發生戰爭？

戰爭是上個世紀的事，集中營、大屠殺、核子爆炸之類的。她一點概念也沒有。在小鎮只會害怕活死人出現，吃光全鎮的食物，所有鎮民跟著女巫開始霸凌胖子，將胖子的贅肉割下來，分給飢餓的人們。

如此而已。

蘇易開始思考戰爭，但真正的戰爭哪是她那顆腦袋能理解的事？

深夜，送走武橘後，她躺在沙發上，疲累地睡去了，……

10. 和平的白鴿宣言

老頭就是因戰爭而離家的，老婦躺在床上這樣想到。

剛開始幾天，屋子空蕩蕩的，她頗能自得其趣，享受每一分獨處時光。

兩個人都是頑固且倔強的個性，一遇到意見不合的時刻，誰也不肯妥協。最怕的是遇上那種一方太過敏感，另一方卻不願意表達的時刻，因此老頭一但離家，她就像是終於獲得自由的囚犯。

老婦趟在床上，翻動身子，回想當初老頭求婚的情景。十分霸道，她甜美的笑著，只覺得老頭的求婚，簡直就像在趕鴨子上架般，而且事後她才發現，裡頭充滿著騙局。

雙魚座B型的老頭，在求婚那天，帶她去看了一場獅子座流星雨，並且跪在流星雨前許願，矯揉做作的說著美麗的情話，要老婦嫁給他或者娶他。

老婦當然不同意，覺得裡頭含著太多不眞實的味道。

「爲什麼非要我嫁給你呢？」老婦說：「也不看看自己的皮毛。」

他們總是這樣調侃對方，並無惡意。

「因爲我愛妳。我包容妳的壞嘴巴和壞脾氣。」

老婦差點沒暈倒，又說：「愛不能當飯吃。你又窮，工作不穩定，人活著不能光靠浪漫和幻想啊。我要的是一個安穩的生活。若你不能讓我的生活變得更好，我何必跳進你的世界，跟你一起受苦呢？」

「愛能超越時空，戰勝一切。」

「我不相信。」老婦說：「要談空話，那就別求婚。」

摩羯座O型，典型的現實主義。啪啪。拒絕了。

但老頭沒有放棄，又說：「如果五分鐘後，那些浪漫的流星，全部變成鑽石雨的話，妳就娶我吧。」

之後，老頭吹著口哨，等待星空的奇蹟。老婦完全聽不懂他的話。

五分鐘後，流星雨開始有了不同的變化。

剛開始，它們待在空中的時間變長，後來逐漸成爲肉眼看見的逼眞景象，接著一顆顆鑽石竟然從天空中稀哩嘩啦地落了下來，所有人大吃一驚，喊著不可思議。有些人連忙撐起雨傘，有些人拼命撿起地上的鑽石。老婦也想那麼做，但當時老頭卻只緊抓著老婦的雙手，誠懇地問：妳娶我，好嗎？

她啞口無言，心中拼命想著鑽石，點頭答應了。

那一場流星，改變她一生的鑽石雨，究竟是如何辦到的？這個疑問一直埋在她的心中。那時還是個沒有人相信女巫的年代，因此老頭簡直就像天上掉下來的鑽石般，在她心中閃閃發亮。不過後來，女巫的聲名大噪，魔法漸漸成爲日常生活中的一塊，而這一點浪漫，她才發現是老頭串通女巫的伎倆。

用來騙年輕女孩，她下了這個斷論。寫實、傷人卻精準。

回首往事，一切盡在回憶中翻攪。老頭就像那些鑽石，在她心中種下夢幻，卻在上了戰場後，從此不見蹤影。有好長一段時間，她認爲老頭之所以不回來，是因爲他害怕家庭生活。這種日復一日的家庭生活，遲早會淹沒他的才華。

就讓老頭在世界的角落發光也罷，最後她想。

現在她起身，走到城堡的廣場上，一邊回憶起兩人的婚姻。

結婚三十年，雙方共識不要子女，只要求專注在各自的興趣中，不干涉彼此交友範圍，出門在外必須報備，而且要對彼此坦誠。這些要求老頭做到了，努力用才華建構幸福城堡，但時間過去了，日子一樣窮，一樣爭吵，一樣頑固。

她深深地嘆了一口氣，無助地搖頭，探問星空，老頭究竟在哪？就算生活充滿失敗，她還是愛他，愛他狂傲不拘的才華和浪漫。

就在此時，老婦的旁邊站了一個男人。

男人打著呵欠，穿著毛衣，披了一件披風，臉色蒼白的望著前方，十分惆悵。

「你還好嗎？」老婦說：「氣色看起來很差。」

「嗨，妳好！」露出尖銳的牙齒。「底下的夜景眞美好，對吧？」

「我不知道大半夜還會有人出現，……」她盯著男人的臉，開始震驚，心中拼命想著不可能。但男人實在像極了在電影中的形象。

這個念頭降下來後，她意識到自己應該馬上離開，畢竟她已經老了，不適合遇見瘋狂，但此時男人發現了。

「妳看起來很害怕。」

她露出慌張的神情。「抱歉，我不是這麼沒禮貌的人，但你看起來像是，……」

「吸血鬼，」男人搶先說話：「妳沒看錯，我確實是吸血鬼，但請不必害怕。若妳介意與一隻吸血鬼共賞城堡的夜景，我可以離開。」他有點哀傷。

「沒關係，」老婦：「我這輩子從來沒跟吸血鬼看過夜景，這是個特別的經驗。不過此刻，若我是個年輕女孩，想必對大家都好吧？」

「沒有那種事。」吸血鬼說：「遇上年輕女孩是一件麻煩事。」

「這樣子嗎？」

「妳相信吸血鬼，是嗎？」吸血鬼說：「我們真的存在，不是傳說的。」

他露出他的尖牙。老婦噗哧笑了出來。

「噢，眼前爲憑。我說吸血鬼先生啊，你們一定非常注重口腔保養，否則牙齒怎麼會一直都保持潔白無瑕、閃閃發亮呢。像我只剩下假牙。」

老婦亮出一口銀白色的假牙。

哈，他笑了一聲。「妳可眞幽默，不過妳想錯了，蛀牙或再補上新牙是常有的事，每三個月我們都得秘密包車到城市看牙醫呢。」

老婦歪了頭，有點好奇，然後又問：「你們半夜都不睡覺嗎？」

「不，基本上就跟你們一樣，只是今晚特別憂傷。」吸血鬼說：「只要太陽一下山，腦袋就會開始想東想西，有時候整個晚上都睡不著。」

「我以為你們晚上出來是為了辦事呢。」

他搖搖頭。「捐血車固定拜訪我們，不需要這麼麻煩了。畢竟現在滿城風雨，到處都是我們的壞傳聞，不是嗎？」

「你沒他們說的那麼壞。」

嗯哼，他應答了一聲，眼神眺望遠方，欣賞著夜景。

「本來這全是屬於吸血鬼家族的，……」吸血鬼嘆了一口氣。

「你還好嗎？」

「還可以。」他強忍住眼淚。風僵硬地吹著他的頭髮。

「如果妳有閒情逸致，我可以帶妳飛翔。」

「啊？但你為什麼要帶我飛翔呢？」

「女士，我們天性浪漫。」

她一生中，聽過這句話無數次。老頭總這麼告訴她。

「真的嗎？」老婦：「帶我飛嗎？」

「請放心，這絕對是一次美妙的經驗。」吸血鬼：「我帶過無數名年輕女孩飛翔，……」

「但我老了。」

「你們都是一樣的。」吸血鬼：「來吧，抓著我的手。」

她腦袋一陣空，但一回神時，發現自己的雙手已放在吸血鬼的手上。是一陣冰冷的觸感。她再次確認吸血鬼需要調養體質。

現在她的腳開始懸空，身體緩緩升高，放眼望去是一片遼闊的風景。

底下是一片死寂的小鎮。

在暗夜中，小鎮簡直像極了廢墟，絲毫沒有活力，彷彿裡頭的人沉寂下去後，隔天不用醒來。有那麼一刻，她爲小鎮的人感到悲哀。

現在她馳騁天空，感到一股從未有過的自由感。

就是這份自由感，讓老頭不回家嗎？她思考。

但過一會兒，她已經完全進入星空的世界。那燦爛、耀眼、明亮的銀河，逐一在她眼前展開，令她目不轉睛，差點尖叫了出來。

若老頭能回來，她願意付出一切代價，她閉上眼睛，向星空許願。

帶著這個想法回到城堡，吸血鬼先生輕輕地在空中鬆開她的手，讓她就此安穩落地。動作是如此輕柔和體貼。

「真是個紳士，給了我這麼美妙的夜晚。」老婦說：「不過我卻沒辦法給你美味又可口的鮮血，……畢竟我老了，誰都不愛我了。但若你要吸我身上的血，那麼就請自便吧。」

吸血鬼顯得羞澀，沒有說話。

「吸血鬼先生，……怎麼了嗎？」

吸血鬼搖搖頭。

「我只是想給妳一個美妙的夜晚，別太傷心。」

「難道吸血鬼先生嫌棄我的血？我的血又老又難喝。」

兩人互相凝視，彼此沉默下來。吸血鬼先生伸出手，放在老婦的臉上。

「妳年輕時，一定很美。」吸血鬼說：「好像我奶奶。」

老婦咯咯笑了。

「原來吸血鬼先生也會甜言蜜語。」

「我只是實話實說。」

「你活多久了？」

「幾個世紀而已。」

「那麼你應該明白思念一個人的滋味。」老婦說：「那些你愛過的人啊……」

「嗚嗚嗚……」

「怎麼了？」

「嗚嗚嗚……」

「說到底，我們同病相憐啊。」吸血鬼說：「我不想孤獨地被留下來哪，……」

「是啊。」老婦心疼的說：「確實是啊。沒有人喜歡被拋棄的。但也沒辦法，是戰爭啊。兩方的戰爭讓人不得不接受現況。」

「爲什麼會發生戰爭呢？」吸血鬼先生納悶地問。

「大家吃飽沒事幹啊。」

……

……

吸血鬼愛德華想著老婦的話，緩緩飛往回家的路上。

得趁人們起床活動前，飛回山谷的藏屋，萬一偷溜的事被發現，難保德古拉爵士會禁足他三個月。這件事對愛德華來說相當痛苦，畢竟他是個年輕的吸血鬼，嚮往自由自在的生活。現在他下定決心，未來他一定要徹底改變吸血鬼家族的命運。

才十五歲，但夠了，懷抱理想過日子的傢伙無比強大。

就這樣，他一邊飛，一邊想著理想。

在飛行中，他看見一名女孩提著一卡皮箱，辛苦地往前奔跑。

那個奔跑的模樣就像是後面有怪物在追趕似的。他看著她後方一百公里處，卻不見任何東西，倒是女孩身上被一團巨大的黑影包住。

那是什麼？愛德華不大清楚。畢竟他出生優良，接受一等教育和一級保護，哪能理解一卡皮箱女孩生來的不堪與苦難呢。

吸血鬼愛德華毫無心思擄獲年輕女孩的心，此刻他只想飛進溫暖的藏屋，將棉被裹住全身，安心地睡一覺。

睡眠，極其重要。

吸血鬼愛德華生來受寵，不適合太辛苦的英雄救美。

11. 一卡皮箱女孩與傷心流淚麵

辛苦。

眞是辛苦。

一個女孩子居無定所，過著必須逃亡的命運。

一卡皮箱女孩日夜顚倒，連夜奔逃。

離開小鎭後，她拚命往左邊的分叉路走，經過一片綠洲和蠻荒之地，看見刷亮星空的銀河和北極星，接著翻山越嶺，不斷從一個地方抵達另一個地方，不在乎危險，只要餓了就從皮箱中偷別人的食物來吃，路上缺什麼也從皮箱拿。

她跟一卡皮箱是最佳夥伴。

她帶著一卡皮箱四處流浪，而皮箱供給她生活所需。

當然她不一定全靠皮箱內的食物，偶爾也會走進特色小店。

就像現在，她走進一間無人的麵館，點了一碗傷心流淚麵。

傳說中，這碗麵能將所有的傷心一次傾吐出來，因此許多遊客慕名而來。

她看著牆上貼的報導，試圖理解這碗麵究竟是噱頭還是魔法，若眞是如此，爲何店內一個客人也沒有？

而且一走進門，老闆就十分驚訝，彷彿在訴說她是有史以來第一位客人。

不管了，總之進門了，就隨意吧。

現在她坐在桌上，開始寫城市抗議書。

一路上，她一直想寫，卻遲遲沒有完成。她大概花了十分鐘寫完，塗改了兩次，完成後，她決定透過皮箱，放在市長的桌上。

十分鐘後，老闆端來一碗熱騰騰的傷心流淚麵。

她吃了一口，味道又酸又辣，令她想起在小鎮待的時光，還有她失去的表達能力。她又吃了一口，回憶起抵達小鎮前所發生的事。再吃一口，她回到童年時期，看見自己待在空無一人的教室中，望著操場上的同學。她不敢再吃了。

筷子擺在湯碗上。

她發現老闆正在注視她的表情，於是決定露出若無其事的模樣。

不辣，不酸，只要能痛快哭一場都好。

電視正播著新聞，她沒什麼心情看，但多少也知道目前的時事。

也就是以拯救世人為名的達東戰士，正如火如荼地拉攏校園青少年，準備壯大組織，改變世界。首領達東此刻戴著墨鏡，出現在畫面，說明他們正準備發出第一波空包彈，抗議目前的生活，堅持他們不想未來像他們的父母親般，只能無奈地接受次等生活和命運的安排。

命運掌握在自己手上，只有自己才能戰勝自己。

她大概明白內容後，又吃了一口麵。

過去的她，確實堅信命運掌握在自己手上，不過在發現一卡皮箱後，事情全然改變了。這是她自己的秘密，她不想多提，也不願意旁人知道，或多或少，她對皮箱的佔有欲是高的。

現在她改變主意，決定請光頭老闆寄給市長。

「這種事，非得我來做嗎？」光頭老闆支支吾吾。

「除了你，方圓幾百里內，我找不到別人。」

「但是寄信可得跑到好遠的地方。」

「拜託你。請幫忙。信很重要。我得趕路。沒有心思花在這邊。」

一說完後，突來的新聞事件抓住她的眼睛。

突然間，她胸口劇烈發痛，整個人像被鐵鎚重擊般，腦袋無法思考。

怎麼會發生這種事。

他那麼好的人。

怎麼會發生這種事。

「喂！我恐怕辦不到，可得到好幾里的地方寄呢。」

光頭老闆看見她面無表情，不接受退貨，開始傷腦筋起來。

「哎呀，好啦，幫妳啦。」一邊摸著光頭，一邊退回廚房。

「我上個廁所一下。」

一說完，一卡皮箱女孩快速走進廁所，呆坐在馬桶上將近五分鐘，讓體內的尿意一次排泄出來，接著站在鏡子前，拼命洗臉，讓淚水一次流光。

走出廁所，結了帳，拎著一卡皮箱，決定折返原路。

踏出大門前，光頭老闆叫了她一聲，倉促地走向她。

「剛剛這些錢，全部退給妳。」

她有些驚訝。爲什麼。

「我們不收的。」光頭老闆盯著她說：「妳沒有流淚，就當本店免費招待，下次請再次光顧，一定讓妳流淚。雖然妳態度有點差，還強迫我做事情，但是本性不壞。這世界上就是有我這種好人，才能讓失意人活下去。」

那麼好。她眉毛挑動一下。

老闆的手打著光頭。「沒辦法。這是成立的初衷。讓人可以痛快地流下眼淚，但太困難了。」

她點點頭。從口袋中掏出一枝筆和一張紙。寫下電話號碼。

「要我打給妳嗎？」

她搖搖頭。收回紙筆。在紙上寫下「投資」兩個字。

「妳要投資我？」光頭老闆：「眞的嗎？」

她點點頭。一言爲定。再見了。還有事得辦。

她大步踏出門口，聽見聲音，再次轉身。表情像在訴說我話都說完了，你的話也太多，不能一次說完嗎，非得慢吞吞。

老闆大喊。「抱歉，妳叫什麼名字？」

她用腳踢了一下行李。

「行李小姐？」

她搖搖頭。

「啊？幫妳提行李？」

她再次搖搖頭。

「我剛剛是問妳叫什麼名字？」

「一卡皮箱女孩。」她說話了。

「叫我一卡皮箱女孩。」

老闆摸著光頭，重覆她的話，一卡皮箱小姐。
之後，一卡皮箱女孩以飛也似地速度，趕回小鎮。

12. 守護打工仔的軀殼

沿著來時的路再折返回去，大概花了兩天的時間重返小鎮。路上的風景全沒注意，腦中都是瘦子的臉，心情相當複雜。本來以爲只要離開，一切就會結束。但看來她與小鎮的緣分還沒眞正結束。

現在她站在一塊「歡迎進入金碧輝煌鎮」的木牌旁，思考著接下來的行動。

十秒後，她走進第三個街區，右轉第四排的二手色情錄影帶店。

店門口外擺著彩色 LED 燈，框著 TWO HAND 字體，牆上貼滿了性愛海報。她走進旁邊往下延伸的樓梯，抵達地下街，發現店面仍在營業。

或許是平時沒有關店的習慣，不過事情已發生兩天，難道警方的人沒處理嗎？不，全盤推給警方是相當不負責任的態度，何況警方應該處理死者的身後事到什麼程度，這點或許大家都不清楚。

沒有家人、沒有朋友、孤身一人死去，而她僅是與他吃過一次飯的客人，還談不上朋友。這樣的關係，竟然能讓她大老遠飛奔回來。

此刻，她十分混亂。難道打工仔當初那番告白，在她心裡起了作用嗎？

現在她繞進櫃台，關掉性愛影片，關上大門，只留下一盞燈。

空寂昏暗的店內，只剩下天花板燈發出熱噪音以及她的呼吸聲。

打工仔真的就這麼死去了嗎？

她不敢相信。所有的一切彷彿還在，只要一閉上眼，耳邊還會傳來他熱情爽朗的聲音。當初他拼命打電話給她，堅持非得見她一面，後來兩人碰面，他還大膽向她告白，語氣中充滿誠意與和善。

當時，打工仔是多麼渴望能愛她，但並未因此而束縛她，最終放她自由。

她站在櫃台上，思考著打工仔的一切，心情莫名惆悵。

死亡的氣息包圍著二手色情店，她在店內來回走動。

電視報導上說明，打工仔被人發現陳屍在街頭時，身上還有大量的鈔票和信用卡，死法寧靜，衣衫整齊，一點也沒有反抗，僅有脖子上露出一道抓過的血痕。當時沒有目擊者，倒是現場聚集大量的貓咪，像在守護打工仔的軀殼般。

她感到納悶，記者的說法彷彿裡頭暗藏玄機似的。

她字字斟酌，像在守護打工仔的軀殼？

軀殼還在現場，那麼靈魂呢？

若找到靈魂是否意味著還能再見到打工仔？

太荒謬了。她不大相信這種事，畢竟她從來沒見過鬼魂，或發生類似被鬼壓床的經驗。不過，在她面前勇敢告白的打工仔，竟然會以那樣的死法暴露在大眾面前，實在不可置信。

她斷定，打工仔一定是捲進某種事件，惹上不好的東西。

她走回櫃台，在桌上翻找，並且打開抽屜。

帳本、問卷單和記事本都一一翻閱，但都查不出任何蛛絲馬跡。

通話紀錄裡顯示空白畫面，既沒有撥打出去的紀錄，也沒有客人打電話進來的紀錄。她不大能釐清其中，畢竟她已經好久沒有使用市內電話。

接著她從抽屜發現一把鑰匙，全身瞬間發冷起來。

有古怪，否則她怎麼會一碰到鑰匙就全身發冷。

這把鑰匙究竟要帶我通往哪裡？

她擦亮鑰匙。確認這是鑰匙。

鑰匙。一把平凡無奇的鑰匙。

難道這裡還有其他空間嗎？她心想。

取下鑰匙，放進口袋，若無其事的離開櫃台。

她以敏銳的視角觀察周遭，發現在第三排架子後面，牆壁貼著一張不尋常的海報。那是一張漫畫構圖的男男交媾海報，兩名陰柔的男人正歡愉的進行美好的性愛。她看了又看，發現海報的皺褶實在太多，像是被人過度頻繁翻動，試圖掩蓋底下的東西。

打工仔並不是那樣的人。

他曾經向我告白，以深情眞誠的眼神看著我，她想。

但若他是那樣的人，倒也無所謂，沒有人規定男人一定要愛女人。

最後她搬動架子，將海報掀開，看見一塊空白的牆壁上面，有一個洞。

一個孔洞。

一個男人需要的孔洞。

不。她思緒混亂。

但方向對了。

抽出鑰匙，配對孔洞，像是海報上那樣，開始進行交媾。

轉動鑰匙。

再轉動鑰匙。

直到激情最深處時，牆壁突然發出喀啞一聲。

接下來，她想也沒想，整個人縮進那塊空間。

空間一片漆黑，她花了一分鐘才適應黑暗。手機沒電了，因此她摸黑行走，直到看見一塊綠色亮光的開關，才終於重見光明。

她恍惚地站在空間中，呼吸感到窒息，因此快速打開空調。

空調下方的牆壁上有一張電影海報。

是吸血鬼德古拉的英姿。

她望著德古拉。

德古拉也望著她。彷彿德古拉會因此而走出來親吻她，並且吸走她的血。

視線環繞一圈，她看見書櫃中擺滿研究德古拉的書籍，桌上放著德古拉公仔，就連床單被套也是德古拉的造型。她有點擔憂，萬一警方走進來調查打工仔，看見這幅景象，一定會就此罷手，斷定先前橫死街頭的原因是「青少年的狂熱行動」。

眼前是一間節制且整潔的男性房間。她頭一次進到男性的房間。

正當她深入思考時，背後突然傳來一陣劇烈的聲響。

喀隆喀隆。

喀隆喀隆。

從櫃子中不斷發出聲響。

喀隆喀隆。

喀隆喀隆。

她瞪大眼睛，縮緊屁股，不敢移動。聲音越來越大聲，彷彿裡頭藏著吸血鬼。對。沒錯。若吸血鬼從裡頭走出來，她一點也不會意外。

喀隆喀隆。

衣櫃開始劇烈晃動。

喀隆喀隆。

喀隆喀隆。

她深吸一口氣，手緩緩靠近門把，微微瞇著眼睛，身體充滿著好奇和恐懼。等到門一打開，她立刻尖叫，身體繞著天花板轉，幾乎要瘋了。

啊啊啊。啊啊啊。啊啊啊啊啊啊。啊啊啊啊啊啊啊啊啊啊。

過了一會兒後，人才平復下來。

「是我！是我！別緊張。」熟悉的聲音從衣櫃中傳出來。

啊啊啊。

啊啊啊。

啊啊啊啊啊啊。

啊啊啊啊啊啊啊啊。

「是我！是我！別叫了。」熟悉的聲音再次從衣櫃中傳出來。

啊啊啊。

啊啊啊。

啊啊啊啊啊啊。

啊啊啊啊啊啊啊啊啊。

櫃子緩緩打開。一卡皮箱女孩停止了叫聲。

「深櫃！」一卡皮箱女孩說：「你爲什麼躲在裡面！」

！

！

！

一個類似鬼魂的形體從衣櫃中飄出來。

是打工仔。

一見她，他滿懷欣喜地笑著。

「終於來了，」打工仔說：「我知道妳會來找我，畢竟妳是我這世界上唯一喜歡的女孩啊。果然沒有看錯。妳很重感情。」

鬼魂的形體穿過她的身體，站在她的後方。她突然一陣冰冷，打了幾聲噴嚏。

「謝謝妳，找到我。」

女孩頭暈目眩，但也鬆了一口氣。

大概有將近一分鐘，兩人都沒有說話。

此刻，他們坐在床上，盯著前方的德古拉海報。

打工仔首先打破沉默，以近乎幽默的語氣說著：「呵呵。一卡皮箱女孩，妳旁邊待的可是一名死了兩天的鬼魂呢。」

一卡皮箱女孩聳聳肩。「現在，」她指著海報，「如果德古拉從海報中走出來，也不是什麼大驚小怪的事。這個世界瘋了。」

「妳要這麼想也很好，我是德古拉的忠實粉絲，常常做著這個夢呢。有一天，世界的德古拉會從海報中走出來，與他們的粉絲結交朋友。這是他們將來會做的事。畢竟已經不能光明正大地活下去，……很可憐喏。」

「雖然你廢話連篇，但還能見到你，我很開心。不管以什麼樣的形式。」

打工仔有點羞澀。

「願意回來見我，拼命想找到我，或多或少，有點喜歡我吧？」

空氣中一陣沉默。

「真是的，你還沒放棄嗎？」

「天天想妳呢。」打工仔說：「不過我們現在是兩個世界的人。」

打工仔試著觸碰女孩的手，感受體溫，但只是穿過去。他嘆了一口氣。

「究竟發生什麼事？」她說：「你不應該被人殺掉。」

「我知道妳的秘密。妳的一切我都知道。正因為我的不守密，導致我現在的處境。被貓殺掉，妳相信嗎？誰也不會相信，警方畢竟是活在體制下的一群人。」

「被貓殺掉，」她說：「是因爲你將我的秘密說出去？」

打工仔點點頭。「這是我應得的懲罰，不該怪任何人。」

兩人就此沉默。

什麼秘密？一卡皮箱女孩的秘密只有一卡皮箱。

「那麼你現在還聽得見我心底的話嗎？」

「嗯。」打工仔說：「妳還好嗎？」

「失去一個可以吃飯的朋友，……明天過後，我又要啓程了。」

打工仔的心瞬間變得酸澀，聲音溫柔下來。他試著摸她的臉，但碰不到，只是穿過去。他們已經是兩個世界的人了。但就算如此，他還是能清楚感受到對女孩的那一份愛，接著他鼓起勇氣。

「非得一直逃嗎？」打工仔好不容易擠出這些話。

「那些正在追妳的黑影，說不定是因爲恐懼啊。」他低聲吶喊。

頭一次聽見這種說詞，她感到十分驚訝。

「恐懼？我以爲我什麼都不怕。」

「妳怕被愛，不是嗎？」打工仔說：「所以在與人建立關係後，又習慣性的破壞或遠離，讓自己保持在安全的狀態。」

「我不知道。」

打工仔深吸一口氣，又說：「那麼我可以愛妳嗎？」

空氣中一陣沉默。

「也就是以鬼魂的身分，請妳嫁給我。這樣妳就暫時不會被傷害，也不用一直逃離，可以光明正大的住進我的房子，從此幸福快樂。」

「我不相信那種事，從此幸福快樂？」

「總得試試啊。」

女孩深吸一口氣，將手鬆開。

「緊靠世界邊緣的我們，眞的可以獲得幸福嗎？」

「妳如果不介意的話，試著跟我一起幸福快樂吧。」

「一個人跟一隻鬼魂？」她說：「這是太荒誕的事，……」

打工仔沒有說話。

空氣間充滿凝滯感。

一卡皮箱女孩摸著自己的心，感受到一股強烈的心跳聲。

可能嗎？她不斷奔逃的心可能就此安棲嗎？

她望著打工仔堅定的眼神，感受到一種前所未有的遼闊感。

是那種陽光照射在大海上，充滿海味的遼闊感。

她眼珠低下，不斷感受自己的心。

「只要妳相信我，只要妳願意相信我，我不會出軌，不會逃開，也不會丟下妳，只要妳願意讓我陪妳走世界，一天陪著一天，直到世界的盡頭來臨。」

一卡皮箱女孩熱淚盈眶，緩緩地說：「唔，你這麼說，我知道了。」

打工仔相當緊張，準備接受另一次的拒絕。

男孩對女孩的告白就像走在鋼索上，隨時都有受傷的可能。

當男孩愛上一個女孩，他一定會當女孩的小丑，天天逗女孩開心。

當女孩試著給男孩機會，她的心一定是朝向他。

「唔……不過……現在的我好像可以噢。不，是因為是你，應該可以試試看，但是你願意等我了結過去的一切嗎？我是說，在遇上你之前的事情。」

「感情嗎？」

她點點頭。「這點不能撒謊。」

「妳願意讓我幫忙嗎？」打工仔說：「我想幫助未來的妻子，解決過去的一切。那樣一來，妳以後就可以舒服的做自己了。」

「你眞的要娶我嗎？」

「那是當然。」

「那你要怎麼幫我？」

「戴上我的求婚戒指，」打工仔說：「接下來，妳就能對自己坦誠了。」

「不大理解。」她說：「但我願意試試看。」

「那就對了，先試著相信我，慢慢練習。」打工仔說：「有一天妳會發現，我不會傷害妳的。」

「唔，但你好像因禍得福呢。」

「這樣死去，人也比較甘願。」

兩個人同時嗯了一聲，望著前方的德古拉海報。

13. 打工仔的求婚戒指

一卡皮箱女孩戴上求婚戒指後，隨即從世界上隱形。

打工仔告訴她，這是傳家之寶，不能弄丟，非常重要。

「那麼後遺症呢？」她問。

「唔，這是隱藏在另一個空間的魔法，回來時，偶爾會引來不好的東西。」

「不好的東西？」她說：「有相當大的危險嗎？」

「放心，我會保護妳。」打工仔說：「不過使用完求婚戒指後，妳得歸還原位。現在交給妳，只是幫助妳去化解心中的結。」

她充滿感動，過去從來沒有人對她這麼好。

打工仔真是個好人。

隔天晚上，她走到掌舵，卻發現自己進不去，被擋在門口。

掌舵門口設置了強大的魔法結界，因此她只能忍著寒風在外頭等待。

透過窗戶，她看見胖子坐在吧檯睡覺。那個曾經一起嗑瓜子的好朋友就在眼前，可是她不能與他碰面，告訴他，嘿，最近過得好嗎？我非常想念有你相伴的時光噢！希望你沒有忘記我！要永遠記得我噢！

胖子似乎胖了一點，但看起來過得不錯。

迎面而來的是老太婆。老太婆一成不變，依然忙碌。

過了一陣子，她聽見晚安曲，胖子緩慢地從睡夢中爬起來，恍惚地意識到似乎該回家了，於是向大家道別。蘇易也是。

門開了，結界被打開了，她可以趁勢而進，但最好別冒險。有進得去卻出不來的風險。

或者進去了，魔法就失靈的風險。

她不想冒險。一點也不想。

十點十分，瘦子終於出來，她一見到他，心中產生一股悸動，身體一瞬間變得十分緊張。她渴望碰觸他的臉。渴望抱著他。渴望與他獨處。

她望著他。但他看不見她。也看不見羞紅的臉。

瘦子拉下鐵門，一陣喀隆喀隆的聲響發出。

瘦子走到對面牽車，拿著長毛象的背包，疲憊的拖著腳步。

瘦子騎上重型機車，發動引擎。

這時，她立刻跳上後座，扶著他的肩。

接著瘦子扭動脖子，腳踩上踏板，揚長而去。

這是瘦子生平第一次載女孩。

兩人馳騁在夜風中，一卡皮箱女孩感受著瘦子的體溫，聞到他身上的麵包香味。她將手輕輕摟在他的腰上，以盡量不被發覺的觸感放上去。

她抱住他。柔軟的胸部緊貼他的背。

一種難以抗拒的賀爾蒙在夜空中吸引著女孩。

停紅燈時，瘦子再次扭動脖子，手往背部搔癢了幾下，再次重新上路。

重型機車駛過平靜的街頭，越過公園，小書店，印章店，最後轉入小巷，引擎在深處熄火，瘦子停在機車上，沒有移動，大大地嘆了一口氣。

女孩趁著這個時候下車，緊張的看著門牌，奮鬥街77號。

瘦子將重型機車牽到角落，下了車，打開大門。

門漆成磚紅色，象徵熱情與活力，只要一見到門，他就會那樣聯想。瘦子深吸一口氣，開始爬樓梯。樓梯總共八層，他住在第四層樓。

女孩一路緊跟在瘦子後面，也爬了四層樓，之後往右轉，最後在一間四之四的門牌前停下。瘦子從口袋中掏出鑰匙，打開門。

女孩也進去了。是期待的心情。

一進到房子，她愣在一邊，驚訝地望著眼前的景象。

房子幾乎是一絲不苟，不管是客廳、廚房或房間都是乾淨整齊的。不，應該說，房子比較接近新屋入住，不僅沙發是嶄新的，液晶電視上的封套未拆，就連廚房內的鍋碗瓢盆都看起來只是裝飾品，沒有用過的痕跡。

瘦子實在是個古怪的男人，她想。

她用手指在廚房滑了一下，接著在客廳牆角和房間內做著同樣的事，卻發現竟然相當乾淨。果然是個帶有潔癖的男人。

之後，她聽見沖澡聲。

瘦子回家後，第一件事便是走進浴室。

房門沒關，就連浴室的門也沒關。她臉紅心跳的走進房間。當然，現在的她大可走進浴室，看光瘦子的裸體，但由於太過害羞，她只是在房間內待著，感受房子的氣息。

這個人究竟聽什麼音樂？看什麼電影？或者平時在思考什麼？

她找著類似的軌跡，卻發現房間內什麼也沒有。

這份喜歡含著一種無知的心情。

放眼望去，房間內放著一張雙人床、衣櫃、保險箱、一組桌椅、全身鏡，以及打掃器具。

除此之外，還有幾塊痠痛的貼布。

其他的沒有了。

此刻，瘦子洗完澡，穿著一件內褲走出來，裸著上半身，站在全身鏡子前望著自己的身材。一卡皮箱女孩站起來，站在瘦子後面，看著鏡子中的瘦子，腦中閃過一絲將戒指取下的想法。畢竟那樣做，瘦子一定會大吃一驚，冷酷的臉瞬間變爲羞赧。就是那時，她可以趁機表達對他的愛慕，說不定有機會進行一場魚水之歡。

她開始轉動戒指，隨著想法的加深，戒指轉動的速度越快。

是了，就是這樣。

這麼做，就能解決一切。

就在即將抽出戒指前，她將戒指又推了回去。

辦不到。不可能。

這麼做只是滿足身體的寂寞，而不是眞正的愛啊。

就算突然勃起的陰莖，進入潮濕的陰道，也無法讓她感受到被愛啊。

雖然她渴望今晚與他纏綿，但那只是出於兩個寂寞的軀殼，而不是靈魂深處的愛戀啊。她望著瘦子，知道他根本就不喜歡自己。瘦子不喜歡一卡皮箱女孩，否則怎麼會忘記她呢。

現在瘦子離開鏡子，再度走進廁所。

她站在門外，聽見他刷牙的聲音，接著又聽見他哼歌。

是，那首曲子嗎？

UB40 的《Red Red Wine》。

多少年來，這首歌的曲調正是她早晨的鬧鈴聲。

總算，兩人有共通之處，她想，嘆了一口氣。

接著，她什麼也不想，空空的躺在床上，靜靜地等待瘦子。

這樣就夠了。

她要的也只是這樣。

只要還能待在瘦子身邊就好了。

隔天一早，她回到二手色情錄影帶店，將深藏在櫃子中的打工仔叫醒。

「結束了嗎？」

「大致上，心情上，生理上，目前都可以給你了。」

「真的嗎？」

「可以。沒問題。絕對肯定。」

「那麼我希望，妳還是保有自己原本的模樣，好嗎？」

「怎麼樣都行，只要你確定要愛我。愛這樣的我。」

打工仔點點頭，又說，那麼接下來妳聽好，……

……接下來會有戰爭。

在戰爭發生的時候，我們只要緊緊相靠，就會安然地活下去。至於我們被分配到什麼任務，該前往哪裡，成為英雄眷侶或不小心淪落為壞的一方都不是我們能決定的。當然，扮演苟且偷生的角色也有可能。

「總之，我們別再分開了，好嗎？」

「戰爭？」一卡皮箱女孩思考著。

「答應我。」

「一言為定。」

14. 羊蹄爾森的瓶頸

虛無常常從地板湧進來抓住我。他們跟影子是同樣的東西。黑色的虛無綑綁我身體的同時，也捆住了稿子，使故事動彈不得。

像一灘死水，我想。故事久久沒有打鬥場景、性愛情節或任何使讀者激起感官的畫面，不曉得讀者能接受多大範圍的純粹創作。

我鬆開拳頭，在書桌前一籌莫展，不確定接下來的方向。獨自待在農舍時，我常常感到空白。一些故事、一些外面發生的事，像是戰爭啦、愛情啦、失敗啦、人生之類的大事，我一無所知。實際上，我僅是單憑自己對世俗的淺薄認識，而去鋪排眼前的故事。

所以在下筆時，等同於第一次親密接觸。

僅是光憑想像，身體就相當疼痛，更別提置身其中了。

我不認爲這有多麼令人欣羨，反倒像是一種詛咒。因著這些東西而引來的命運讓我困擾，總之我的壓力相當大。

我常常對著空氣發呆。

重複地削鉛筆。

甚至不斷打呼。

努力祈禱上天。

只爲了讓故事順利進行。

但不幸地，事情仍然一無所獲。

我仍然困在這裡，困在這個所謂的桑德斯畫像中。（實際上，這是一棟農舍，養著羊和鵝，其他什麼都沒有。）

我極端焦慮，有時候會懷疑自己，問自己一些問題。

像是我比別人差嗎？

我的人格流於表面形式嗎？

我是一個華而不實的人嗎？

又或者我只是不敢面對軟弱無助的自己？

類似這種灰心的時候，我必須催促自己往前，畢竟太耽溺在哀傷本身，事情通常一發不可收拾。不過在友人面前我倒是相當樂觀，偶爾還必須反過來安慰他們，從中獲取一些創作材料。

天助自助者，我的命運眞是如此。

我希望愛自己多一點，更尊重自己的想法，更相信自己的判斷。

我嘔心瀝血，剝開生皮、咬著生肉，賣力發現新的東西。

但不夠。

不夠。

這些都不太夠。

我得在故事中愛人。在故事中體現愛。

那麼如何愛人才算妥當？

如何愛人才不流於形式？

這個世界以及那個世界究竟依著何種規則運作？

上帝是否存在？

眞理是否流傳？

壞人以及不算好的人，是否能改邪歸正？

而那些善良及悲傷的人是否能因爲美好的故事而得到暫時的心靈撫慰？

我沒有答案。

我只是創造人物，賦予人物命運，爾後妄下結局。非常粗魯。

後來我創造了一些無知懶散的人，在那些人中留存天生的「運氣」和難能可貴的「智慧」；我創造了一些醜陋的人，爲了凸顯人類追求「美麗」的天性；我創造了一些流浪的人，並在其中喚醒大眾對於「心靈依歸」的渴望。

但儘管如此，事情依然沒有進展。

我仍然感到憂傷，有時甚至忘記自己是誰。

我究竟是誰？

是羊蹄爾森？

是創造故事的人？

亦或是故事創造我？

一些角色常常驚擾我。只有極少數的夜晚，我會讓自己好一點，試著讓他們暫時安眠，不來干擾我。

但那總是相當困難。畢竟我在創造他們時，也化身為一位父親和母親，負責照料他們的生活。

……送羊奶大哥在越來越熟悉我時，卻對我的印象越來越模糊。

難以形容，他說。

就像故事中的傑一樣。

就像故事中的每一個角色般，擁有那一面和這一面。

不過我不在乎大家怎麼看我，只要能逃出去，什麼都好。

我所需要的只是，克服自己的恐懼和不安份的內心。

而截至目前，當我接受自己的模樣，真正面對內心時，周遭的事情總會越來越好。我一直這樣相信著。相信著。

至少，我是幸運的。
感謝老天。

第三部「世界的協調師」完

第四部
創造一個同心圓

1. 胖是胖子的胖

胖子相信好朋友已經回到小鎮。
整個早上，他在門口進進出出，無非是爲了確認這件事。
空氣中，散發著又淡又薄的核桃味。這個味道是 Stray girl 的。
他確信。再三確認。確認是她的味道。
不過奇怪的是，視眼所見的風景，卻不見女孩的身影。

存在的東西，未必能憑肉眼看見。

這是當初念物理系時，一個具有信仰的德文系女孩告訴他的。那時她每周日帶著他上教堂禮拜。教堂內提供的免費早午餐讓他相當開心，不僅如此，後來他也從中收穫許多，並在裡頭感受到一種非科學能解釋的感動。

最令他感到不可置信的就是教堂內的奇蹟。他起初不相信，覺得是幌子，後來逐漸相信，感到不可思議，並開始發現世界充滿著未知的力量。

女孩管它叫，神的力量。

胖子接受了。

然而，這些經驗應用在畢業論文上，卻產生了極大的矛盾。

從我與車子對話的神奇經驗來探討宇宙空間論？

「沒錯。這是我感興趣的部分。我想研究這一塊。」

教授支支吾吾，說不出半點話，在空中晃著一支筆。

胖子開始向教授解釋。

事情得回到去年夏天。

那年夏天，他每天固定在下午四點，到一間大型修車廠幫忙。

老闆非常喜歡胖子，認爲他是天生的修車人才。

「怎麼樣？來車廠上班？」

「但是這裡髒髒的，而且還要在太陽下工作。」

「你每天來一個小時，我給你雙倍的錢，也培訓你成爲專業黑手喔！」

這麼好康的事，胖子常常遇到，因此他不以爲意。但老闆不在乎他輕率的態度，反而認爲那是一流人才會流露出的驕傲。就是這樣，胖子生命中壞的特性，在別人眼中，卻變成像光芒般的東西。

一切的巧合就像天空下雨般，嘩啦啦的降在他安靜的生命中。

他之所以能精準判斷車子的問題，並非擁有透視能力，而是因爲車子會說話。

車子會用哀求的語氣，對著他說話。

……哎喲，我的右輪胎很痛，裡頭的鐵板已經磨損，好久沒換了。實在痛極了。最近的新進人員，一直找不到原因，拜託您告訴他們，讓他們來處理。一名紅色車身的 TOYOTA 轎車小姐這麼說。

……老了噢，跑遍這裡二十五年了。再過不久我就要淘汰，能不能幫個忙，傳話給左邊第二排的藍寶堅尼先生。告訴他：我很開心認識他，謝謝他常常說笑話逗我開心。哎喲威呀，快要散了。

諸如此類的對話，只要一到修車廠，就會有各式各樣的聲音傳到他耳邊。

每一台車子就像看診的病患般，一一哀求著胖子。這時，胖子便告訴修車人員車子的問題，而且命中率百分百。

難怪老闆要花大錢聘請他。這種得天獨厚的好手，想不留著也難。

工作那一陣子，他常常夢見自己的靈魂飄在半空，望著底下沉睡的自己。

種種經驗讓他發現，除了這個世界外，還有另一個空間、另一種物質，而他所學的專業，物理學，卻只告訴他一半。

「那麼另一半呢？教授？」他問。

教授聽完後，喝了一口茶，請他換另一個題目。

他沒有多問，接受了一切的安排。

沒多久後，胖子有了新的靈感。

探討霍普斯金瀕死經驗與神的存在性？

教授再重覆一遍，臉上毫無感情。

此時，胖子開始大方地講述教堂的經驗。

「上個月，我在教堂看見坐輪椅的人們，經過特殊儀式後，就能站起來。也曾經看過魔鬼從人的體內逃出來。如果不是神的力量？那是什麼？」

教授思考著每一句話，緩緩的說：「宇宙中確實有力量存在，但只是物質轉換，不能稱之爲神的力量。人們的意念本身就會產生力量。」

「若是如此，大家用意念就可以治病，不需要醫生，不是嗎？」

「不能那麼說，」教授說：「醫生有醫生的專業。」

胖子不能接受，於是連同上回的問題一併拋出來。

「但怎麼解釋車子？車子本身沒有意識，但怎麼會說話？」

「我根本不相信車子會說話。」教授說：「你一派胡言！」

「不，車子是眞的！」

「教堂的事也是眞的！」

教授啞口無言，沉思了一會，又說：「我所知道的專業是物理學。你問我量子力學，我可以做假設，一遍又一遍的驗證給你看。至於你剛剛說的輪椅、魔鬼或是與車子溝通之類的，恐怕是神祕學的部分。現在的城市沒有女巫，這個年代沒有魔法，至於神那方面的事，我完全不知道。」

兩人沉默了一會兒，胖子緩緩吐出語句。

「恐怕？這個詞跟可能的意思一樣嗎？」胖子說：「教授，我所認識的每個牧師都篤定神的存在，也告訴我生命的眞相，而物理學卻不是，到處充滿著假設和辯證，這是爲什麼呢？」

「物理學是我的生命。我相信科學。」

「物理學爲什麼不能直接告訴人們生命的眞相？」

教授沒有說話。

「宇宙中最眞實的是什麼？」胖子再問。

教授依然沒有說話。逼到一個極限。

「我們為什麼要存在？」

最後一個問題說出口後，教授喝了一口茶，把他打發走。教授在面對胖子，似乎覺得自己受到委屈，還在胖子離開時咳了兩聲，假裝相當可憐的模樣。

這件事讓胖子種下陰霾，往後他只會說他學的是「純粹喝茶系」。

而這個說法，大抵上跟胖子現在的工作相通。

泡茶、喝咖啡、坐櫃檯，幾個小時就有高酬勞，跟他的教授並無兩樣。不同的是，他這份工作不需學歷、不用經驗。只因為他是胖子。

不曉得為什麼，胖子總能遇上這種事。

或說是天生的幸運兒吧。

現在胖子聞著前方的核桃味，一邊浸入與女孩的歡樂時光。

左眼留下了淚水。為什麼會流淚，胖子不懂。或許待會得問蘇易。為什麼自己會常常想起 Stray girl？而且老是在晚上。唉，胖子開始嘆氣，告訴自己，有些事情不是幸運就能解決了。不可能讓幸運籤筒抽出 Stray girl。

儘管如此，他還是得珍惜自己的幸運，畢竟得來不易。

就這樣，胖子已經漸漸懂得如何憑藉幸運，發展出自己的生命了。

2. 卡夫卡的擔憂

比起胖子，卡夫卡面對的人生可就不那麼幸運，應該說充滿著一連串的不幸吧。但幸好，他一直保持樂觀的心態，踏實的建構生活。

此時，卡夫卡已回到城堡，工作了一段時間。他的擔憂除了手頭邊的工作外，還有那名青少年。他記得他會在固定的時間走上陽台閣樓，然後滿懷喜悅的走下樓，跟他打招呼，但已經好久沒見到青少年了。

如果有人走出來，自己一定會發現。

難道陽台還有另一條通道嗎？他不確定，畢竟從外觀看，確實不可能有另外的空間，製作出另一條通道。

某天，他決定走下梯子，走上陽台。

他記得那是個晴空萬里的好日子。放眼望去是一片遼闊的天空以及優美的河景。哈囉，你好嗎。一群船夫與他揮手，異常的熱情。

他們的動作一致，話語一致，就連表情也一模一樣，顯得毫無感情，像是沒有自己似的。他感到納悶，城堡畢竟屬於觀光型態，若要讓客人留下好印象，或多或少會要求員工展露親切感，但他發現不管是眼前正在划船的船夫、一樓餐廳的客人、飯店服務生或泊車小弟通通給人一種虛假的感覺。

像是演出來的。

跑龍套那種角色。

臉上展露的笑容或是表現出來的親切感都帶有某種機械式的生硬和緊張，像是受到某種東西驅使而不得不那麼做似的。

並不是自由的靈魂，他想。

現在他將焦點放在左側。

陽台左側延伸出來的廊道盡頭，有一間上鎖的房間。

那裡是禁地，他記得。

也答應過矮人絕對不會進入那邊。

但身爲勘景師，遺漏這個房間，對業主來說，實在不太公平。

費里尼心中還追求著完美和完整，若是他少畫了這邊，將來費里尼拍攝出來的電影就會缺乏眞實，而他也無法安心地坐在海鷗沙發上，這令他非常難受。

一切都是因爲海鷗沙發而引來的煩惱。

渴望躺上海鷗沙發的同時，他也得必須面對眼前的困境。

現在他閉上眼睛，彷彿能聽見海鷗振翅飛翔的拍打聲，接著他張開眼，望著前方風和日麗的山景，轉身離開陽台。

離開那個令他渾身不安的地方。

他走回房間，坐在圓桌上，拉開繪製紙，開始將今天的工程畫下來。他一邊看著先前的草稿，一邊用特殊鉛筆畫下另一幅完整的圖像。

特殊鉛筆是費里尼第二次來信時附的，信中沒有提到這點，但他大概心裡有數，他要他用這枝鉛筆畫出城堡的地景，以便日後的拍攝工程。

起初，他沒有發現特殊鉛筆的魔力，只認爲這是一枝稀鬆平常的筆，但重新再繪製城堡圖時，他發現不一樣了。這枝鉛筆會讓他腦中的模糊記憶，瞬間變得無比清晰，而且神奇的是，它的筆芯永遠不會縮短或斷裂，依然保持著本身的長度。這對勘景師來說，實在是一枝完美無瑕的鉛筆。

時間將近晚上九點，他大量畫完圖後，吃了幾塊麵包，喝了一杯水，之後走進浴室洗澡，接著便早早上床睡覺。隔天，他依然重複同樣的工作。第三天，也是一樣。第四天，也是一樣。

卡夫卡在那重複的工作日子中，埋著一個疑問，青少年究竟到哪裡去了？

難道他已經離開？趁他不注意時，從閣樓下來，就此離開城堡？

但不是，他確認過房客名單，青少年並未離開，仍登記著原來的房間。

不過一名青少年的行蹤怎麼會令他如此在意呢？

他想知道青少年在房間做什麼。

他想知道房間中到底存在著什麼？

或者說，其實卡夫卡在意的是那個房間。

房間中究竟有什麼魔力，能讓青少年露出那種癡迷的表情？青少年的臉龐在他腦中翻轉，或說他可以化作那名青少年，走進那個房間，看見房間中的擺設、裝飾品、地毯、家具。但不對，一意識到此事時，他馬上拍拍臉，打消了這個想法。不行，他得守諾。不能有這種大膽的念頭啊。

他得聽話，得遵守規則，做個有禮貌的好房客。

對於房間的一切，他一無所知，只知道裡頭有一股吸引人的魔力。

他記得每當青少年經過梯子時，眼神都會露出興奮與希望。

卡夫卡渴望從他的眼中，看見房間的擺飾和格局，但通常他只能看見類似粉紅色泡泡般的東西，然後人就這麼失魂地走在城堡。

是了，那個房間必定有不凡的東西，才會成為禁地，他想。

抑制不住念頭的自己。

突然變得不能控制了。

他躺在床上，想著費里尼的電影。

然後拍打大腿，朝著天花板懊惱。

啊！美好的電影正是需要不安的元素。
而他竟然因爲承諾，白白喪失了前往房間探索的機會。
這不管對誰都是相當遺憾的事。
觀眾一定會評價費里尼的電影缺乏新意。
犀利的評論家會認爲，費里尼的時代已經過去了。
啊！再怎麼說，這部電影攸關費里尼的電影事業和觀眾的期望，而他這個小工兵，竟然因爲承諾，讓一大批人失望！
現在卡夫卡落入長長的睡眠中。

很久很久以後，……
故事的發展出來了，考驗者還是沒有通過考驗。
這一次，城堡的考驗者：卡夫卡先生進門了。
他並非出於好奇，一來是出於善意，擔心著青少年；二來是爲了滿足費里尼和觀眾的期待，於是決定一探究竟。
考驗者一但進入房間，門就立刻關上了。

卡夫卡在那裡花了一些時間才離開，而且離開時，臉上帶著驚慌失措的表情和恐懼，究竟房間中存在著什麼，這一切彷彿才正要開始啊，……

現在卡夫卡像是失了魂似地逃離閣樓，快速走下樓梯，穿過走廊，爬上另一層階梯，打開門，走進803房間。他想都不敢想，身體感到恐懼，一邊發著抖，一邊恍惚的收拾行李。

將繪製圖塞進公事包，特殊鉛筆放進口袋，拎著工具箱和一件西裝外套，就此下樓登記退房。他告訴自己，雖然內心驚恐，但臉上盡量保持著鎮靜，以免被人發現。若被人發現，恐怕就不好了。

「先生，你臉色不太好？請問還好嗎？」櫃台人員問，不帶絲毫感情。

「嗯。還可以。現在山下的天氣怎麼樣？」

「不下雨了，先生。最近這一帶都不會下雨，倒是今晚有一波寒流來襲，不急的話，你可以明天下午再走，那時候天氣就暖和了。」

「不了，還得趕工作進度。謝謝你。」卡夫卡遞出鑰匙，看著櫃台人員安靜的臉龐，心底深切的感受到恐懼。

不想了，他不想再經歷一遍。

自己簡直像是被剝了一層皮似的。

在房間中究竟發生什麼事？他不敢再想。

盡可能保持鎮靜，萬一洩漏情緒，被人發現他闖入城堡的禁地，或許再也走不出去，要留下來一輩子為城堡服務，他心想。

這是極有可能發生的。他推想，那些機械似的服務人員應該就是不守承諾，闖入禁地，必須終身為城堡服務吧。

「那麼下次請再次光臨。」櫃台人員說。

卡夫卡點點頭，拿著公事包和行李，走向停車場，一邊回想起矮人當初說的話：

一但遵守諾言，城堡的人才會被解救出來成為自由民。

他懂了。

現在終於懂了。

原來是這個意思。

這些全是不自由的人民。

而他這一生渴望的不過就是自由。

前往停車場的路上一定會經過廣場，他有點擔憂。

這種擔憂是必要的，畢竟矮人的眼力極好，不像其他的服務人員。

此刻，天空充滿著陰鬱，彷彿象徵他從前的生命。但現在不同了。他告訴自己，他是晴天的卡夫卡。

從那次與蘇易見面後，她告訴他，他是晴天的卡夫卡。現在，他是晴天的卡夫卡，不會再下雨了。

是了，就是這股信心。

他鼓起全身的勇氣，壓低身子，以極快的速度穿越廣場，抵達停車場。

周遭一片寧靜，所有客人像是消失似的，只剩下他。

空寂。

周遭只感受到空寂。

算是通過了。他是晴天的卡夫卡。不同以往了。

只要輕輕地打開後車廂，將行李放進去，一切備妥後，就能順利上路。過程中誰叫他都不要回頭，一但回頭，就會永遠留在城堡，他心想。

是了，故事都是這樣進行的，不管是電影上的情節或古老的故事都是如此發展。他絕對不能回頭。

絕、對、不、能。

但就在這時，空氣間傳來一股聲音震住他。

「卡夫卡先生，工作一切還順利吧？」

卡夫卡轉身，看見矮人，不敢相信。

被發現了？

怎麼會呢？

他不是晴天的卡夫卡嗎？

一想到此，他馬上又變了張臉，恢復鎮靜地說：「是啊。都很好。托你的福，一切順利完成。真是萬分感謝你。」

「怎麼了嗎？」矮人語氣充滿懷疑。「你好像不大對勁。」

「可能連日來的工作，精神已經相當累了。」

卡夫卡關上後車廂，走到前方。

矮人也跟著他的身子移動。

兩人在空氣中沉默了一陣子。現在卡夫卡打開車門，堅強的進入車內，將車窗拉下，露出爽朗的臉，與他道別。

矮人在空氣中感受著什麼，緩緩吐出話。

「你身上是否帶著黑魔法？」

「什麼？」卡夫卡聳聳肩，做出一副相當疲累的模樣。

「你帶著黑魔法，以隱蔽的方式進入到城堡內部，究竟想從中獲取什麼？你的業主是誰？來這裡有什麼目的？」

「我聽不懂你說的話。我只是血汗工。就這樣，很高興認識你。」

一說完話，卡夫卡再一次爽朗地向他道別，重新拉上車窗，發動引擎。

引擎在寂靜中發動，充滿著空虛和不安。

卡夫卡持續保持鎮定，告訴自己不能再哭哭啼啼，也不能嚇到尿出來，要像英雄般，瀟灑地前進。

車子順利地前進。

慢慢地遠離矮人。

然後矮人開始大吼大叫。

卡夫卡透過後照鏡，看見矮人在後頭一邊追著，一邊大吼大叫：

喂——有必要走得那麼急嗎？

您沒像上次那樣對我親切的道別啊。

我以爲我們關係還不錯呢。

卡夫卡先生，您生氣了？

不喜歡我了嗎？

難怪有句古語說，一但提及黑魔法，任誰都會聞之喪膽、拔腿就跑，……

我錯了。

我剛剛只是聞到類似黑魔法的味道，但可能聞錯了，別怪我啊！

我向您道歉！

卡夫卡不能回頭。一但掉頭回去，他就會永遠留在城堡。

是騙局吧，他想。

接著便將注意力放在下坡的山路，就此一路滑到小鎮。

那時已經是晚上了。

3. 迴旋階梯

掌舵關門前半個小時，一名客人走進來，指定要找蘇易。是個三十歲的年輕男客。他從很遠的地方來，挨著風寒。他點了一杯抹茶拿鐵後，就走上樓了。

三分鐘後，蘇易端著咖啡上來，坐在男人面前。

「你看起來不太好。」

「嗯。」卡夫卡驚恐的說：「現在還看得出來嗎？」

蘇易點點頭。「嗯？」

卡夫卡沉默了一陣子，最後緩緩吐出幾個字。

「妳在我身上放了黑魔法嗎？」

蘇易能感受到他身上的恐懼，將手溫柔地墊在他冰冷的手上，柔軟地說：「這點你不用擔心。我不會做這麼惡劣的事。」

卡夫卡將手抽回去。

「但我在喝下那杯咖啡後，魔法確實生效，生命一路逐漸好轉，事業逐步攀升，感受到前所未有的美好。可是隨之而來的遭遇，簡直要了我的命啊。」

「究竟發生什麼事？」

一本卡夫卡的小說《城堡》被丟在桌上。

蘇易早期讀過這本書，印象中，這是一本難以下嚥的書，只記得主角K在城堡附近晃來晃去，始終沒有進入城堡，最後就沒有下文了。

「這是我在山上的城堡買回來的紀念品。剛剛下山吃飯時，我稍微翻了翻，差點吐了一地。」卡夫卡說：「我不是土地測量員，只是一名場景勘查師，但發生的事情竟然與書中的情節雷同。太恐怖了。」

卡夫卡一邊拍著桌子，一邊激動的說：「我所做的一切都沒有意義？最後的結果是這樣嗎？」

「等等，請先喘口氣。我不大理解。」蘇易說：「這本書的K並沒有進入城堡，而你剛剛說的像是你去過城堡，是這樣子嗎？」

「不僅是去過城堡，幾乎深入了城堡的各個樓層和房間。」卡夫卡幾乎哭出來。

「那麼你看見什麼？」

「妳的黑魔法，讓我看見生命的悲劇。」卡夫卡搓著雙手，憤慨的說：「這麼邪惡的事，原本我不相信，直到進入城堡，我才不得不信。看似會變好的人生，其實是用另一種形式填補缺陷。不可能有完全變好的生命。那種事情，怎麼可能發生？」

「啊。」蘇易說：「你到底發生什麼事，這中間一定有誤會。」

「你是個使用黑魔法的女巫。」卡夫卡斬釘截鐵的說：「我被妳害慘了！」

蘇易感到受傷，強力的反駁。

「話不能那麼說，……這不能隨便亂說啊……況且，卡夫卡先生，你對黑魔法了解多深？你說我是使用黑魔法的女巫，那麼得拿出有力的證據，而且我在你身上看不出任何受到黑魔法操縱的跡象啊，……」

「是嗎？」卡夫卡呆呆地望著蘇易，喝了一口咖啡，一字一字的說：「照你這樣說，所謂的黑魔法到底是什麼，難道蘇易知道嗎？」

「卡夫卡先生，竟然您開口問了，那就要清空耳屎，專注地聽，這可不能隨便告訴別人，畢竟一但提及黑魔法，任誰都會聞之喪膽，拔腿就跑啊，……」

……黑暗時代的魔法，古稱黑魔法。

在一般人的印象中，這是被視爲邪惡、使人痛苦的魔法。施法者絕大部分是愛好爭名奪利的巫師、女巫師。有一段時間，國王雇用他們打擊敵國，隨著戰爭時代的來臨，巫師們的地位日漸升高，堪比騎士。但那已經是好久之前流傳的事。

現在已經很難找到黑魔法了。

而這裡所施展的魔法，是由愛與善爲出發點，並不招來詛咒，而是將人們身上所積累的惡靈或詛咒，從中協調化解。

不是那麼容易的事，因此只要施法者，沾染一點點污穢的思想，魔法就會失敗。而爲了達到完全純淨的狀態，施法者必須保持身心的舒暢，才能順利施展法術。這樣的法術，由施法者的純淨度所煉製的法力，叫做「霧透魔法」。

一口氣念完，蘇易鬆了一口氣，這倒是頭一次解釋給客人聽。

當然，這並非她自己編造，而是傑要她背下來的。傑說，有一天妳會遇到踢館或不明事理的客人，這時候必須小心應付，一字不漏的背下來。

「霧透魔法？我頭一次聽到。」卡夫卡說。

「就是這麼回事。」蘇易說：「你遭遇的是本來就該面對的課題，跟魔法本身沒有關係。」

卡夫卡將雙手放在咖啡馬克杯的側邊，緩慢地轉動著杯子，在那之間思索著。兩人沉默一陣子後，他深吸了一口氣，然後又說：「我想妳是對的，很抱歉剛剛那樣評斷妳，我實在太混亂了。」

「不妨說給我聽吧。」

深吸一口氣後，卡夫卡說：「這算不算是個秘密，我自己也不清楚。不過那確實是我自己發生的經歷。簡單來講，事情是由於我自己，爲了大眾利益而願意一肩攬起的。但在那之中，不小心破壞了另一種規則，也就是踩到別人的線，因此遭到該有的報應，於是我就在那無止盡的報應中，看見生命的悲劇。」

「到底是什麼樣的報應，又看見了什麼悲劇？」

卡夫卡緩緩閉上眼睛，彷彿穿著甲蟲裝似地喝著咖啡，過了一陣子後，他以極其輕淡的語氣說話，不帶任何情緒。

……簡單的說，我進入一個空間，而那裡反映了我最終必須面對的事。

那個空間並不大，存在著一座往上高聳的金黃色迴旋階梯。

階梯周遭散發著白色光芒，地面鋪著深紅色地毯。類似門的東西已經消失不見。我因爲找不到出口，只好踏上那座金黃色迴旋階梯。

剛開始攀爬，我心中希冀著未知的前方，感受到一股前所未有的新鮮感。但爬了將近一個小時，我開始感到疑惑，到底是誰建造這麼高的階梯？一般的階梯大概爬了半個小時，我的腳就會開始酸痛。但當時卻沒有這個跡象。因爲好奇的緣故，我竟然爬了一個小時都不覺得疲累，只是渴望盡頭的那一端。

我繼續爬，一直爬，發現往上的階梯上方還是階梯。

階梯連著階梯。眼前只放著「階梯」這個物件。階梯究竟有沒有盡頭，我根本無法確定。然後我發現每九十個台階會存在一塊中型平台，而它能容納約一個人完全平躺的空間。

有一次，我站在中型平台間，發現不管往上或往下看，兩邊都充滿著階梯。我因爲不知道自己站在階梯的具體位置而感到困惑，心想再繼續走，就能看見頂樓吧。到了那裡，或許會有新的東西也不一定。剛剛的沮喪以及迷惑就會就此消散了吧。一邊這樣想，一邊繼續攀爬。

然後是一塊大型平台。在經過四個中型平台後，中間放著一塊足以容納兩人的大型平台。我不知道設計者的用意，只知道這座階梯存在著某種規律性的東西。

但後來的每一步，都折磨著我。實在相當痛苦。

我在第十五個大平台時，常常有那種幾乎喘不過氣的感覺。

啊，爲什麼非得拼命往上走，就這樣停留在這裡，或許對自己比較好吧。可是放眼望去，周遭只有往上的道路。我轉個念頭，心想前方一定有更迷人的東西，所以現在才需要挨苦吧。

就這樣，我繼續往上爬。

大概爬到第三十個大平台時，身體已疲憊不堪，常常會想放棄，心想，算了吧。算了吧。乾脆躺在大平台上休息就好了。

休息的過程中，我相當不耐煩，不知道自己究竟想要什麼？

既不想繼續往前，也不期待前方的風景，不過總不能一直待在這邊吧。然後我啊了一聲，心想不是還有另一條路嘛。就在後方呢。好吧，就這麼走下樓。下樓的路一定比上樓還輕鬆。

於是我站起來，試著往下走。可是沒想到，下樓卻沒有比較輕鬆。膝蓋因長久的攀爬而產生的傷害，導致每往下走一步，膝蓋就隱隱作痛，連心也開始瞧不起自己。畢竟已經走到一半，若現在下樓，之前的努力就白費了。

我大概走了五分鐘後，決定放棄下樓，轉而往上爬，心想只要再堅持下去，一定能看見新的風景或類似獎賞的東西。我不斷的鼓勵自己。

期待的心一直在那之間徘徊。

大概爬了八個小時。經過數個大小平台。真的。階梯彷彿沒有盡頭，一直往上延伸，我還曾經想過，就這麼爬上去，說不定盡頭會存在著類似巨人的獎賞，從中獲得神秘寶物，就像傑克與魔豆那般。

一想到這個，我說什麼也要爬上去，畢竟前方太迷人了。

可是身體已經筋疲力盡，意識出現放棄的念頭比以前更嚴重。

就連心也變得十分無奈。

究竟是誰，建造這座無聊的階梯呢？我不停問著問題。

但就在幾乎想放棄的時候，我終於看見頂樓，一鼓作氣的爬上去。

一到了頂樓平台，我整個人癱在地上，望著金色的天花板思考，難道這裡就是殿堂嗎？可是什麼也沒有啊。一想到這點，我痛苦地無力自拔。

自己究竟在做什麼，明明已經走到終點，卻還是不曉得這一切的意義。

自己爲什麼要花費那麼多時間爬樓梯呢？待在下方，靜靜的等待救援，不是很好嗎？走到這裡，卻什麼也沒看見。我相當失望。

但類似期待的聲音一直像回音般傳來。

不，那裡多少還是有什麼。

除了周遭完全是牆外，牆上應該還有什麼，於是我努力站起來，看著牆上的東西，但怎麼樣也沒辦法理解，這裡怎麼會貼著我的照片呢？

我爬了八個小時的階梯，難道是爲了領回自己的照片嗎？

我試著撕下照片，可是照片跟牆牢牢緊黏，怎麼樣也無法帶走照片。

究竟爲什麼呢？

這難道不是給我的獎賞嗎？

接著我開始像啄木鳥般敲著牆，渴望能發現類似密室的東西。但牆實在堅硬無比，沒有能夠打破的跡象，也不存在著密室。

牆眞是討厭哪。

好討厭啊。

最後我踢了牆，腳上的大拇指突然流出鮮血，劇烈的發出疼痛。

我懊悔不已，努力的止住血，失望地走下樓。

下樓時，我一邊走著，一邊什麼也不想，不放期望或喜悅，剛剛失望的心情也漸漸平靜下來。就這樣吧。只是走下樓，沒什麼的。

終於，抵達地面後，我看見那道消失的門又重新出現了。

我相當開心，終於能逃出來了，……

卡夫卡一口氣說完後，喝了三口咖啡，等待著蘇易的回答。

「我實在不知道說什麼才好。」蘇易說：「基本上，沒有人喜歡爬樓梯。眞是辛苦你了。」

「我下樓時數過，大平台總共有八十個，中平台有三百二十個」

「嗯？爬樓梯實在是個夢魘。對了，那是實際發生的事嗎？」

「是的。我十分清醒，並不是在夢中。那是眞實發生的經歷。而且是這個上午的事。不過有一點十分奇怪，我在進去那個空間跟出來時都各看了一次手錶。」

「你該不會要告訴我時間沒有改變吧？」

「不，」卡夫卡說：「時間過了七分鐘。」

「七分鐘？八十個大平台？三百二十個中型平台？一張卡夫卡先生的照片？」蘇易無法理解。

「不知道爲什麼，我從出生以來，身邊就充滿各種隱喻，連這次也是如此。」卡夫卡喝了一口咖啡，嘴唇抿起，思緒從黑暗中緩緩地敲來。「不過，一但人死後，什麼都沒有了，只剩下一張供人懷念的遺照，對嗎？」

「基本上是那樣沒錯。」蘇易毫不猶豫的點頭。

「那麼人的盡頭也是一堵打不破的牆吧？一但人死了，是否就意味著什麼都沒有。然而，那之中我所汲汲營營的一切，生命奮鬥的夢想、努力成爲一個人的尊嚴、以及誓言保護的東西。這一切的一切終會在我死後，全都喪失意義，對吧？」

啊，蘇易喊了一聲。

「生存的意義是空無！」

「這是生命走到盡頭的悲劇！」

「不！」蘇易斬釘截鐵說：「死亡並非生命的盡頭。」

從來沒有人那麼肯定的告訴他。死亡並非生命的盡頭。他看著蘇易。眼前這個老太婆，散發著睿智的眼神和溫柔的話語。

「那麼生命的意義是什麼？生命的盡頭又是什麼？」

「是愛啊。」

「卡夫卡先生，是愛啊！」

卡夫卡一瞬間漲紅臉，感到羞恥。

說了這麼多，妳還不明白嗎？淨用這種看似美麗的話來蒙騙我？

僅止於一念之間，他沒有說出口，傷害蘇易。

蘇易繼續說：「我不知道盡頭在哪裡，只是能在宇宙間感受到愛。生命的盡頭充滿愛啊。生命的意義是體會愛啊！」

「為什麼我沒辦法感受到這件事呢？難道是因為卡夫卡的名字嗎？」

蘇易微笑，拍了一下他的肩膀，然後又說：「繼續奮鬥，讓自己努力的活下去，有一天你會在生命中學會愛，請不要放棄。」

卡夫卡表面點頭，心中仍然無法認同蘇易的說法。

死亡就是生命的盡頭啊！

生命的意義是空無啊！

他耗費精力，爬了這麼多樓梯，終於走到頂樓，可是那裡除了自己的遺照外，只有一堵討厭的牆，沒有類似希望、光芒、獎賞或是愛的東西啊。

4. 塗上色筆的部分要刪除

修稿是大工程，幾乎所有的情節都仔細推敲後，我便將紙上用鉛筆改過的字，一併動手處理。午後我睡了半小時，接著走到羊旁邊說話。這個時間點不能擠羊奶。羊一天只能擠一次奶，再多對羊都是負荷。大概半小時左右後，我重新跳回書桌前，像羊一般緩緩的吃草，一邊動著自己的嘴巴，一邊將文字消化進胃裡。

直到晚上九點，我喝了一碗熱牛奶，然後上床就寢。

這樣的工程日復一日，持續了半個月，我才稍微喘一口氣，進行第二次修改。同樣的事情再重覆一次，就像故事內的卡夫卡進行勘景繪製般。大概又持續了半個月左右，某天下午，我打電話給送羊奶大哥。

「怎麼了？」他相當驚訝。

「生病了嗎？」

「不，」我聲音顫抖地說：「請您明天來一趟。」

「我明白了。」

掛上電話後，我大字形的躺在床上，什麼也不管了。

隔天，送羊奶大哥準時九點整出現，我將羊皮紙袋推給他，一副無所謂的樣子。當然，我只是表面輕率，內心卻相當慎重，畢竟那是我挑揀整理後的故事內容。因爲是第一次將自己用心的東西交給別人，所以顯得特別彆扭。

「這些故事是再三確認過的嗎？」他說：「上次你的狀況相當差，我以爲進度會落後，沒想到還提早完成呢。」

我點點頭。

「總算熬過來了。」

「嗯。」送羊奶大哥望著我的臉。

「不管怎麼樣，這是相當辛苦的工作。」

我點點頭。

「那我就不打擾你休息了。稿件兩天後會抵達投資方手上，大概要一個月才會有消息。這陣子你盡量讓腦袋放空，偶爾也可以進行別的故事。」

「那麼就這樣了。」

我關上門，突然有一股想跟誰說話的衝動，但他已經離開了。

接下來的時光，我無所事事，心中忐忑不安。我在農舍內，坐也不是，站也不是，一會兒跑到河邊與鵝玩耍，一會兒又打擾羊，最後我疲累地癱在床上。

每天我都是這樣過日子，最好什麼事也不做。

三天後，我在睡到太陽曬屁股的早上，聽見一陣急促的敲門聲。送羊奶大哥在外面喊著我的名字，於是我馬上從床上跳下來。

一打開門，送羊奶大哥抱歉地看著我，身邊帶著一名我不認識的女人。

這名女人實在讓人印象深刻，她的打扮像紐約環保藝術家那一類，相當有塑化感，而且她胖得不像話。一個女人就算管不了食慾，起碼也得考量健康問題。

「抱歉，這是投資方。」送羊奶大哥說。

「啊。抱歉抱歉。」我說：「突然來訪，寒舍沒有好的招待。」

「比我想像中還年輕，沒什麼滄桑感。」胖女人說。

我抓著一頭亂髮，然後說：「可以等我一下嗎？」

「好的。」

我讓他們在寒舍外站了五分鐘，一番整理後，重新開門。

因爲是寒舍，所以開了暖爐。又因爲是寒舍，屋子內沒有各種裝飾，只有一張「梵谷左耳」的畫像。每天我都要盯著那張畫才能繼續活下去。

爲什麼呢？我問自己。或許是梵谷也曾經那麼地孤獨吧。

現在他們坐在餐桌邊，而我在廚房一邊泡紅茶，一邊與他們隔空對話。一陣寒暄後，我將紅茶和蜂蜜蛋糕擺上桌。這時送羊奶大哥起身。

「那就不打擾你們了。」送羊奶大哥向我點頭。

「你們單獨談比較好。」

我露出擔心的表情。

「這樣子不好吧?」

「不會，就這樣吧。」

他沒有發現我的暗示。或者發現了，卻不打算處理。

胖女人可能先前那樣交代他，欸，待會讓我們私下談談，可以嗎?好的，好的，沒問題，送羊奶大哥那樣回答。

一路送他到門邊。關門前，他轉過來，用溫柔的眼神，輕聲的對我說話。

「你不用擔心，她雖然胖，但很聰明，腦袋比一般人的腦容量多，所以你們一定聊得來，而且她不會欺負你。」

一說完，他禮貌性的點頭，接著就離開了。

胖女人此時已經將紅茶喝了一半，蜂蜜蛋糕也吃了一些。我決定面對現實，重新坐在她的對面，遞了一張衛生紙給她。

她肥大的手接過我的衛生紙。雙手在衛生紙上擦拭。之後便將手放進羊皮紙袋，試圖將裡頭的稿件抽出來。但失敗了。

「這方面我來就好。」我說。

她將羊皮紙袋交給我，然後說：「那我負責吃。」

之後又吃了一塊蜂蜜蛋糕。

我抽出稿紙，看著稿紙被色筆塗滿，心情相當差。

「我三天前將故事送出去，送羊奶大哥說要花兩天才能送到妳那邊，而妳只花了一天的時間就決定要來見我？」我開始不安，心中冒出各種想法。

「妳眞的把故事都看過一遍了嗎？」

胖女人將蜂蜜蛋糕吞下去。

「那是當然的。這是對創作者的尊重。我才不是那種沒做功課的投資方呢。」

「這麼看來，妳決定投資我，所以才在我的故事上面做功課。」我摩擦手掌，一會放在桌上，一會放在自己大腿上，又忍不住問：「妳眞的決定投資我嗎？替我出版這些故事嗎？」

「當然，你的東西與眾不同。」

我保持沉默，鬆了一口氣。

「也因爲實在是太與眾不同，因此起步會相當艱辛，若走得不好，一定會走上歪路，甚至從懸崖上跳下去。」胖女人停頓了一會，又說：「今天我是帶著既期待又怕受傷的心情來見你的。」

「抱歉，我還不知道怎麼交涉，這方面我沒有經驗。」我喝了一口紅茶，在口中品嚐茶的香味，心情終於鬆開一點。

但此刻，胖女人開始變得嚴肅，專注在說話上。

「就我個人而言，曾經有過許多怠慢別人的時刻。那時我卯足全力，將心思放在工作上，卻不停輕率、怠慢周遭對我用心的人。

過去曾有一段時光，我任由那些美好的事物從我身邊流逝。

我承認那時我根本沒有心思顧全大局。不過，現在我閱歷豐富，能摸索出事物間的距離，也懂得挑選適合自己的東西去疼惜和對待，算是走過來了。」

有點深奧，我開始思考她的話。

羊咩咩咩地叫著。

聽得見白鵝拍打翅膀，濺出水花的聲響。

外面一片晴空萬里，而眼前的胖女人正試圖跟我解釋相當嚴肅的事，我得盡量表現出重視的模樣。

「什麼意思？」我說：「我們是要互相合作的人，可以解釋清楚嗎？」

她語氣強硬，毫無感情。「我懂選擇了。你可以清楚明白，我是個懂選擇的人。但羊蹄爾森先生，你還年輕，你不懂，我可以幫你淘汰掉一些不適合你的東西，以免招致危險。」

只是寫個故事，生命竟然備受威脅？

我深吸一口氣，再次喝一口紅茶，這次也吃一點蜂蜜蛋糕。

蛋糕相當甜，口感卻不膩。

我深吸一口氣，手指來回搓揉，思考她的話。

其實她說的也沒錯，誰都沒辦法斷定危險會從哪個縫隙中鑽進來，因此能事先預防，做足準備，才是明智之舉。

「好吧，妳要我怎麼做？」

她示意我先看過上面的稿件，一邊說明：

黃色螢光筆代表刪除。

藍色螢光筆代表她不喜歡的故事情節。

綠色螢光筆則是讀起來不舒服的部分，要求我重寫。

紅色螢光筆部分是要縮減或大幅增添篇幅的部分。

之後她一句話也不說。

我在早晨的寧靜中，開始翻閱她在著色筆上做記號的部分。大概過了半小時後，我才從裡頭抬起頭，透出一點氣。

我無話可說。

簡直毫無道理。

甚至感到有點憤怒。

「我理解你的感受。」胖女人說：「你若覺得生命被糟蹋也沒關係，這是必經的過程。但以上是我堅持的部分。就算你反對，我也會投資你，不過那就失去價值了。對我而言，這項投資只是其中一部分，可對你而言，卻是生命的全部。我不會反對你的決定。」

送羊奶大哥說得沒錯，她確實不會欺負我，但無形間，卻丟了壓力給我。我無法反駁，進退兩難，只能一邊迂迴前進，一邊試探她的底線。

我再次快速瀏覽稿紙，重新彙整她要修改的部分，整理如下：

瘦子對夢想的敘述。

老婦與老頭相愛的過程。

Stray girl 與打工仔相遇的過程。

蘇易遇上傑之前的生活，……

……這些我都無所謂，但怎麼也無法妥協接下來這一部分。

「那麼協調師傑協助吸血鬼家族重整生命困境的過程呢？這部分是這一大章節的重要情節，少了這一塊，『世界的協調師』這一章節就會變得支離破碎。」

「你可以寫在別的地方，不要在這邊出現。」

「那麼空缺的部分要補什麼？」

「我不知道。那是你的功課。」

接下來胖女人又開始吃蜂蜜蛋糕，將紅茶全部喝光。

我倒了一杯新的給她。

我再次翻閱稿紙，不懂她要求我刪減以及增添情節的部分。

「還有關於這個，……卡夫卡的迴旋階梯，這部分我用了半張稿紙去描述，已經夠了。爲什麼還要增加篇幅呢？這麼做，一定會造成讀者的壓力。」

「因爲那部份很重要。」

「爲什麼？」

「卡夫卡的生命本質本來就是冗長和無聊，增加篇幅才足以貫穿他的生命。」

簡直一派胡扯。我不相信。

「卡夫卡那部分若寫多一點，一定能反映出價值。不過我先說明，我不是編輯，沒有做過類似的經驗，只是以平常心去思考，怎麼做才會讓我身歷其境，滿足我的胃口，壯大我的心靈。」

「滿足妳的胃口？」

「壯大妳的心靈？」

她點點頭。

「一開頭我就說了，你的故事跟別人不一樣，既沒有刺激情節，也沒有吸引讀者往下閱讀的衝動，但全篇充滿著一種奇異且神祕的情節，彷彿能觸動心靈的某個層面。我說不上來，或許是這股故事魔力生效了。」

「我不知道，寫故事的人恐怕感受不到吧。」

「不管如何，你照著我的方法修改，我會愛死這些故事。那是我挑選過後的雞蛋。我會吃我挑選過後的美味雞蛋。」

我撒撒手，不想反駁，於是說：「我明白了。妳是投資方，我會先照著妳的方法修改，至少妳會愛死這些故事，反正我們已經在同一條船上，總要有人當船長，有人當舵手，有人煮飯洗碗。我年紀輕，什麼都能做，只要船繼續往前行駛就好。」

「你挺理智的。」胖女人說：「我以為我們會吵起來呢！」

「我不適合那種事。」我說：「只要丟給我事做，給我一點提示，我會做得很好。發脾氣對事情一點也沒有幫助。」

兩個人此時看進彼此靈魂深處，不發一語。

這當然不是戀愛情節。

5. 打工仔被殺

時間將近清晨，卡夫卡驅車回家的路上，在一間便利商店買了大量的金磚巧克力和一份關東煮，之後就一邊開著車，一邊津津有味的吃起來。他平常並不吃便利商店的食物，只有極少的情況才會容許自己打破規則。

而每打破一次規則，周遭就會出現令人匪夷所思的事件。

這一點，他自己並沒有發現。畢竟過去的生命充斥著大量的烏雲，遮蔽了前方的視線，因此他渾然不覺。不過自從喝下魔法咖啡後，烏雲已經不再出現，然而這樣的卡夫卡能發現類似宿命性的東西嗎？

不知道。他自己沒想過，只是傻傻地驅車回家。

車子已經來到市區，大概再十分鐘就能回到公寓，躺在剛買的海鷗沙發上，好好的睡一覺。他自己是個十分享受睡覺的人，只要一睡覺，隔天起床就會忘記所有不愉快的事情，因此他特別研究了關於睡眠的書籍，還曾經為同事們做過睡眠建議。

他比喻好的睡眠就像遇到綠燈，讓車輛（雜質）在順暢的情況下通過道路（身體），才會有良好的旅途（睡眠體驗）。

而失眠就像遇到紅燈，在充滿障礙的道路（身體）上，擠塞了大量的車輛（雜質）而導致路途（睡眠體驗）的失敗。

他一邊回憶自己的睡眠比喻，一邊通過綠燈，過程十分順暢。

大概通過了三個綠燈後，前方迎來第一個紅燈。

他將車子壓在馬路線前方，拉下車窗，看著周遭。

天還沒亮，這一帶是郊區，幾無人跡，聽得見麻雀叫聲以及車子引擎的聲響。紅燈還有四十秒，再過五分鐘，自己就能抵達公寓。

一邊這麼想的同時，引擎竟然無聲地熄火了。

頓時間，周遭剩下空寂。

就連剛剛那群麻雀也消失無蹤。

聲音完全消失了。

卡夫卡把食物放回副駕駛座，緊緊盯著前方。

一股不祥的預感浮了上來，以非常強的力量警告著卡夫卡。

即將發生什麼事呢？

前方是清晨的街道，空無一人的郊區，此時就算飛碟突然降臨，他也不會感到意外。他有太多怪異的經驗，早已練就一身膽魄。

突然間，右側的斑馬線上衝出一個男人。

以飛快地速度衝出來。

貓咪追在男人後方。

男人的雙手在空中驚愕的揮動，身體相當僵硬。

貓咪包圍著男人，在一旁豎起貓毛，不斷對著他喵叫。

男人的臉相當奇怪。

是一團黑。男人沒有臉。

卡夫卡揉眼睛，再次確認，男人沒有臉。

啊啊啊，男人叫著。

此時，貓咪開始繞著男人蹦蹦跳跳，像是準備慶祝祭典似的，嘴裡偶爾喵喵喵地叫著，相當興奮。

啊呀啊啊，男人這麼叫著。

男人的臉上依然一團黑。

身體開始在空中劇烈的晃動，似乎相當痛苦的模樣。

啊啊啊啊啊，男人雙手往前一伸。

僵硬的身體直直撲倒在地，身體流出大量的黑血。

這個景象著實讓卡夫卡驚呆了，但他只是守住心底的驚訝，重新發動引擎。

此時，紅燈正好轉換成綠燈。

一次，引擎沒有發動。

兩次，不通。

拜託啊，不要讓我陷入這種困境啊！

誰都好，讓車子發動吧！

喀砸，這一次，引擎重新發出噗通噗通的聲音。

車子緩緩經過男人的屍體。這時，覆蓋在男人臉上的黑影跳了出來，如影子般隨風揚長而去，最後消散在天空。

清晨，貓咪的慶典正式展開，牠們在男人旁邊唱歌跳舞，直到鬼魂慢慢孵出來。

綠燈還剩九秒，卡夫卡開始驅車疾駛，遠離噩耗。

卡夫卡已經太有經驗，此時最好三十六計、走爲上策。

6. 卡夫卡回家了

卡夫卡夾帶著恐懼，一步一步地走上樓，並在自家門前，猶豫了一下。

剛剛那名男人的聲音似乎在哪裡聽過，但他想不起來，乾脆忘記也罷。再過一會兒，他就能躺在海鷗沙發上，徜徉在挪威海岸的遼闊天際線，並且聞到鹹鹹的海風氣味。

他打開門，心抽痛了一下，深怕自己再度掉進迴旋階梯的空間。

努力深呼吸，夾緊屁股，走進公寓，站在門口前端詳異狀。很好。公寓如往常般死寂空蕩，牆上是一面面冰冷的灰牆，地板是一塊塊裸露的白色磚塊，聽得見冰箱在深處的微弱氣息。他鬆了一口氣。

就目前看來，屋內沒有太大的變化。

他閉上眼，但男人的身影又浮了上來。說實在的，男人的死法十分古怪，而且聲音相當熟悉，究竟是誰呢？

還是想不起來。

記憶沉入深深的黑洞中，心底的聲音傳了上來。別管了。現在不該管那個，這些事件讓它就此沉落，埋進黑暗中，是該好好享受沙發了。

一這樣鼓勵完自己後，他打開電燈，望向那組昂貴的海鷗沙發。

但就在這時，腦中忽然一片嗡鳴作響。

他快步走到沙發面前。

緊握拳頭。

再放鬆拳頭。

自己究竟做錯什麼？

一瞬間，心沉落下去。

他往後倒退七步。

試著鎮靜，勉強撐住身體，接著他把自己關進房間。

嗚嗚嗚。

嗚嗚嗚。

嗚嗚嗚。

身體彷彿被撕裂一般，卡夫卡掉落無邊的黑暗中。

明天一起來，一切都會恢復原狀。

嗚嗚嗚。

嗚嗚嗚。

是了，一定會恢、復、原、狀。

嗚嗚嗚。

卡夫卡躺上床，將身體埋在棉被中，不確定自己有沒有哭。

睡夢中，他感受到一股強烈的力量正在推他，似乎想把他叫醒。

但他偏偏不醒。

不幸或是詛咒通通滾開，現在我不能再承受任何事，他在心中吶喊。

嗚嗚嗚。

嗚。嗚。嗚。

但是沒用。

床開始搖動。

劇烈的晃動。

整個世界強烈的顫動。

做什麼！他睜開半顆眼睛。

試著移動身子，可是身體動彈不得。

眼前一片模糊，在這半夢半醒間，無邊的黑暗中不斷慫恿他往前奔跑。

又來了。上樓。不斷上樓。又下樓。好恐怖吶。

「喂！」突然間，一個男人的聲音出現。

以極其賣力地聲音嘶吼著。「喂喂！喂喂！喂喂！」

幹什麼！再吵就火燒全家，讓你全家不能睡！

「客人，您如果想要賠償的話，恐怕現在一點辦法也沒有。」

「什麼？」卡夫卡撐開眼睛，身體依然一動也不動。你、在、說、什、麼。

終於，他的身子可以移動了。他先是掀開棉被，冒出一丁點頭。

「售後服務、保證卡、賠償什麼的，現在恐怕都沒辦法。」

卡夫卡看見一個男人。

不，他的身影彷彿一層透明薄霧，只是化成稍微像男人的模樣。

想起來了，這個聲音是賣海鷗沙發的老闆。可是怎麼會變成這樣子呢？

「我知道你有很多問題想問，但事情就是這樣，我對您感到非常抱歉。本人因為別的事情，破壞了規則，牠們來履行約定，殺掉了我。

看起來是牠們犯法了，但其實是因為我犯錯，得接受全部的懲罰。至於淩晨的事，您就忘了吧，請不要跟警方說。那群貓咪不能惹。最好什麼都不要說。閉上嘴巴。好好過生活。就這麼安靜地活下去吧。」

男人到底在說什麼。

竟然賣我爛沙發。

商品不符，不能退貨，還口口聲聲說自己是誠信商人。但就算如此，卡夫卡依然保有紳士般的禮貌，溫吞地說話。

「你死了嗎？」

「以常理來說，我確實死了。」

「可是我還能看見你的形體，難道是我在作夢嗎？」

「不，你已經醒來了。你沒有作夢。」

「哦。那麼？」

「不管你相不相信，現在的我是以鬼魂的身分跟你說話。」

「哦。鬼魂。在跟我說話。」卡夫卡沉思了一會又說：「但是人死之後，什麼都沒有了，怎麼會變成鬼魂呢？」

「現在的我確實是以鬼魂的形式跟你說話，但並不代表我已經死亡。不，正確來說，我的死亡只是肉體剝落，可是我的靈魂不死，現出了原來的自己。」

「這麼說來，死亡並不是生命的盡頭，」卡夫卡說：「還有靈魂。不過，你應該有要去的地方，怎麼會來這裡呢？」

老闆的鬼魂相當沮喪，聲音十分虛弱，又說：「大家都有該去的地方。」

「那你呢？」

「我心中還有牽掛，所以憑著自己的意志力，堅持留了下來。」

「是爲了告訴我海鷗沙發的事情嗎？」

「這是一部分。」老闆的鬼魂此時在書櫃附近徘徊。「畢竟我是誠信商人，一生中給出了很多承諾。正因爲我是誠信商人，所以一但破壞承諾，必須付出相當重的代價。其他人，像是卡夫卡先生，也曾經不守信，但只是這樣的懲罰而已。可是我不一樣。每一個人都有自己的定位。」他嘆了一口氣，深深地感到歉疚。

不可思議。這完全顚覆了卡夫卡的想像。

當初迴旋階梯所帶給他的意義像是一項假設或實驗性的東西，也曾誤以爲那只是再現生命的悲劇。不過現在他可以證實，生命的盡頭並非死亡；死亡也不代表過去努力的一切喪失意義；而生命的意義並非全然的空無。

「不過爲什麼會這樣？」卡夫卡說：「海鷗沙發或是我，做錯了什麼？需要這樣被對待？」

「我很抱歉。我的事牽連到您。其實跟您一點關係也沒有。我知道您期待躺海鷗沙發很久了。我很少看見客人充滿期待的心情，那麼渴望我販賣的商品，正因爲如此，我才特地出現，向您深深地道歉。」

老闆歎了一口氣，又說：「不過我什麼也做不了。」

卡夫卡思忖了一會。「可能還原海鷗沙發嗎？」

「這種事也未必不可能。若能找到『價値非凡的懷錶』和『善良的協調師』，海鷗沙發就有可能復原。」

「我認識一名善良的協調師，但是懷錶該到哪裡找？」

「印象中，懷錶跟著黃金時代的吸血鬼一起消失了，再也沒有人見過它。」

「這麼說來，若是能找到吸血鬼，就有可能知道懷錶的蹤跡，是嗎？」

鬼魂點點頭。

「但我想最好放下海鷗沙發這件事，一但事情有了偏執的追求，可能會迎來不好的東西。畢竟吸血鬼只存在於美少女的世界，你是個男人，根本不會與之有任何相遇的機緣。」

「古老傳言，吸血鬼專挑年輕的少女，難道我就一點機會也沒有，……」

「最好放下，生活才會恢復寧靜。很抱歉，我什麼忙也幫不了。」

兩人在失望與愧疚的氛圍中沉默下來。

過一會兒後，鬼魂打破沉默，吃驚地問：「哎，你身上為什麼會有那種東西？」

卡夫卡搔著頭。「什麼東西？」

「原型鉛筆。這不是你的世界可以擁有的東西。」老闆說：「一但落入奇怪的傢伙手上，整個世界又會變得混亂，更嚴重的話，煉獄中的魔鬼會從馬桶中爬出來，這時候就很危險了，趕快還回去吧。」

「不大明白，您所謂的原型鉛筆難道是類似素描筆的東西？」

「就在你的西裝口袋。那東西散發著恐怖的味道啊。」

「味道？」卡夫卡說：「我倒沒聞到，不過那枝鉛筆確實是相當好用的一枝筆。」

「那是沾著黑魔法的鉛筆。可以描繪出肉眼看不見的事物。」

「存在，卻看不見？」

「類似什麼？」

「像是風。」

他一聽完，十分震撼。「那枝鉛筆可以畫出風？」

「沒錯。」

「可是我在使用時，它只是一枝素描筆，可以讓人湧現靈感的筆。」

「確實有這個功能，但那只是一小部分。若是能找到匹配的協調師，這個世界吹起的風，就會產生有顏色的形體，不再只是透明無色，很令人興奮吧，……」

卡夫卡思考著風的形體，體內的血液開始翻騰。

「但最好趕快還回去。」一說完，老闆的形體逐漸消失在卡夫卡面前。

卡夫卡從床上跳起來，不敢相信剛剛發生的事。

是做夢吧。

是做夢吧。

一邊說，他一邊告訴自己海鷗沙發根本沒事。

一切完好如初。

可是當他走到客廳時，失望又湧了上來。

沙發依然晾在那邊，而且依然存在著壞掉的痕跡。

好可憐的沙發。

好可憐的海鷗沙發啊。

不過卡夫卡仍不相信，他從市內電話旁邊的紙條中，翻出老闆的電話，打給他，希望老闆能用爽朗的聲音告訴他，喂，沙發躺得還舒服吧？若是有任何損壞或不滿意，七天內都可以再換一組全新的沙發，……

他的思緒紛亂，開始撥打號碼，掛上，再重打，掛上，再重打。但不管撥出幾次，話筒內只是傳來語音信箱的聲音，說著您所撥打的電話暫時無人接聽，請稍後再撥，……

……大概試了五十七遍後，他終於徹底的冷靜下來。

卡夫卡掀開窗簾，讓陽光透進來，並到廚房喝一杯溫開水。

這麼說來，剛剛發生的一切是眞的，他重複告訴自己。

接著他走到客廳，看著海鷗沙發，內在的渴望開始無限擴張。無論如何，自己一定要躺上海鷗沙發，他心想，身體一邊動作著，直至整個身體躺在那上頭。

是了，就是這樣。

就算沙發已經破破爛爛，但只要闔上眼皮，想像自己是一隻挪威的海鷗，就能聽見挪威海灣的浪潮聲。

現在他已然分不清幻象與現實，完全化成一隻海鷗，翱翔在晴空萬里中。

就是這樣，卡夫卡想要的不過就是自由。

7. 面膜人皮師的哀愁

武橘從病床上醒來，穿著藍色條紋的病人裝，意識恍惚的望著日光燈。

一名護士靠近他，替他量體溫，說著燒退了，沒事了。

武橘支支吾吾，不知道該問什麼。

「你昏倒在車陣中，堵住交通。是警察把你送來的。」

確實有此事，他回想，當時一隻黑色貓咪，以哥德式恐懼威嚇他，令他幾乎喘不過氣。

「那麼我躺在這裡多久呢？」

「一個禮拜。送來的時候已經發高燒，臉色相當痛苦，似乎掙扎著什麼事。」

武橘悶著頭，舌頭在嘴巴內繞來繞去，什麼也聽不進去。

「請問哪邊有牙醫師？」

「樓上的牙醫科需要提前預約排隊，如果你很急的話，附近有一間牙醫診所。很棒喏。牙醫師人很好，不會發脾氣。」

位置就在醫院出去的紅綠燈右轉，一間叫做「艦艇」的牙醫診所。

當天下午，他穿著病人裝，付了所有醫藥費，離開醫院，走進牙醫診所，站在櫃台人員前面說，一

——我想洗牙——

就那樣，牙醫師替他洗了大概五次。

「請再洗一遍。占用時間的部分，我會付雙倍的錢，請再替我洗一次牙。我的牙齒非常的癢，癢到我受不了。」

「先生，到底要洗哪邊呢？我已經幫你洗得相當徹底喏。」

「拜託。再洗一次好嗎？我就是覺得怪怪的。」

「或許不是牙齒的問題。」

「但我覺得嘴巴癢，若不是細菌在作怪，難道有人在我的牙齒上搔癢嗎？」

牙醫師聽了，瞪大眼睛。頭一次聽見這種說法。

「好吧。最後一次。我幫你徹底洗乾淨。不過你也真奇怪，平常人最討厭洗牙，你竟然一點也不害怕。還是沒有痛的神經，是嗎？」

武橘聽見醫生說，像突然想起什麼似的。

「沒有痛的神經？」

「人們每次洗牙都痛得吱吱叫，而你卻沒有反應。」

「我洗牙時只感到開心，像是終於有人幫我把發癢的地方好好抓一抓。」

醫生戴上口罩說話。護士一邊笑，一邊看著武橘。

武橘重新坐上診療椅，張開嘴巴，闔上眼，畫面立刻湧出。

突然間，他「啊」了一聲。

「終於痛了，是吧？」醫生問。

他睜開眼。「不是那方面。請你繼續。」

當武橘帶著喜悅從牙醫診所走出去後，他轉了三個街角，買了一份漢堡，坐在三米高的地鐵站前，觀察搭乘自動電梯上來的人群。忽然間，前幾天的哀愁又襲來了，臉色突然變得慘白。

同樣的問題再哀愁一遍。他吃著漢堡，仔細觀察人群。

這次他意識到一件事。從他在病床上醒來後，他發現每一張臉都敷著他特製的面膜，而面膜已經緊黏在人皮上，變成人皮面膜。

不管男女，所有人的臉都相當一致。好似那是標準值。

是一種絕對的標準值。

他爲此驚愕了一番。

整個世界因他而改變。

整個世界需要他的產品。

然而，他竟然想打碎這一切。

標準值向來是他最憎恨的東西。

在學校內，一百分的標準值，才算是優秀。

在社會上，有錢、有名利，才算成功。

在家庭中，滿足親人的願望，才算是好父親。

所有一切衡量事物的標準值讓他透不過氣。

是個壓力。壓力產生了哀愁。

但事實上，人們需要美麗，美麗產生了快樂。

《美麗與哀愁》，作者是川端康成，此刻用來說明他的處境最合適了。

帶著這個想法，他將剩下的漢堡吃完，走進地鐵站，搭上地鐵，趁著空檔小睡片刻。在這段時間內，武橘的牙齒又開始發癢。

牙齒癢究竟是什麼預兆？他不清楚。只知道右邊的眼皮跳會發生壞事；左邊跳則會發生好事。直到抵達自家門前，他望著門，遲遲不敢開門。

因爲此刻，窗戶內閃著人影，用手電筒在黑暗中摸索。

那並非瑪娜的房間。

瑪娜也不可能那麼做。

那麼是賊吧。

是來跟我談判標準值的賊。

他正在等我。正在那裡頭等我啊。

巨大的恐懼降下來，武橘的牙齒又開始發癢，接著腦袋一片空白，就連全身也拼命發抖。

一股腦兒衝向街頭，攔住一台計程車，請司機用最快的速度抵達奇幻小鎮。

武橘有非常急迫的事情需要解答。

幾個小時後，武橘像上次那樣在蘇易家門前拼命敲，直到有人開門。

這是他第二次敲門，爲此蘇易有點不高興，畢竟現在可是半夜三點，再怎麼急，也得顧慮女人家的時間，而且她不喜歡別人私下拜訪。

武橘這次沒有哭，反而有點神經質地胡亂說話。

「蘇易，我不要了。」

「我什麼都不要了。」

「我不要魔法藥水。」

「也不要我現在所有的一切。」

蘇易感到驚嚇，看著武橘瘋狂的連續說話一陣子後，才緩緩開口。

「你沒瘋吧？」

「我不要了。」

「我錯了。」

「我釀成大禍了。」

「你的心還沒過啊。」蘇易一副悠哉地說。

「當然啊！」

「妳不是當事人啊。」

「妳只要遞一瓶魔法藥水，什麼都不用管了。」

「哎，我可是老太婆，您也太沒禮貌了。」

走到音響旁，蘇易開始播放巴哈的《布蘭登堡協奏曲第三部》。

房間內瞬間有了活潑輕快的氛圍。

武橘對此有點憤怒，但過不久，緊張不安的情緒慢慢平復下來。這段時間，蘇易在廚房切兩塊藍莓蛋糕，泡一壺英國紅茶，動作十分緩慢，身體動作幾乎要靜止了。畢竟現在可是半夜三點。是老太婆應該熟睡的時刻。

一等到《布蘭登堡協奏曲第三部》演奏完畢後，蘇易端上英國紅茶與藍莓蛋糕。武橘發楞地坐在沙發上。

「肚子餓了吧，請先享用。」

武橘的肚子咕嚕嚕地叫著。肚子眞是不爭氣。竟然在這種應該打仗的時刻，對敵人發出求救聲。武橘心裡這樣埋怨，但身體還是動作了。

聲音有點沙啞，蘇易開始說話：「其實啊！並不是魔法藥水的關係。而是你的心啊。你的心沾染了不好的東西，所以才會那麼慌張。究竟發生什麼事，你能全盤告訴我嗎？上次你只提到戰爭，應該還有更多吧？」

武橘拼命搖頭，拼命吃著藍莓蛋糕。

蘇易喝了一口英國紅茶，聆聽著巴哈的《E大調小提琴協奏曲》。旋律在空中飛舞，心開始飛揚起來。武橘這時放下藍莓蛋糕，站起來在屋子內走動，神情已經恢復鎮靜，隻手在空中比劃說明。

「那些人類。用了面膜的人們，簡直就像是標準值。好恐怖哪。」

「什麼？」蘇易抬頭望著他。

「微笑要標準值，膚色要標準值，而且還要零皺紋。」

一這麼說，蘇易就懂了，放下紅茶杯。

「大家都變年輕漂亮，這不是很好嗎？」

「不，他們的心非常混濁，每個人好像都戴上面具般，好恐怖。」

「爲什麼會這樣想呢？一切挺不錯啊。」

武橘用舌頭在牙齒縫隙間打轉。「可能是牙齒的問題，才讓我變得心神不寧。」

「生病了嗎？」

「不，只是有點癢，不是什麼大問題，……」

「這麼說來，傑似乎說過，牙齒癢是一種預兆。」

「什麼預兆？」

「一半好事，一半壞事的預兆。」

「這麼說來，似乎如此。」

「嗯，不過你們家的瑪娜很開心吧？」蘇易說：「她只要能變漂亮，就能交到男朋友，而且人緣會變好，大家都會喜歡她，這對您的女兒或是大家來說，是一件很好的事。」

「她最近確實交了男朋友。」武橘說：「但誠如您所說，我的心還是過不去。」

「有錢人家的千金小姐。眞好呢。」

「這樣到底對嗎？大家都變成標準值了。」

「牙齒癢的預兆已經告訴你了，得適應下來啊。」

「是嗎？」

「事情沒有絕對的好與壞。」

蘇易停頓了一會，空氣間流出優美的巴哈旋律。

「不瞞你說，我的過去非常悲慘，是巴哈救了我。」

「巴哈？」

優美的巴哈旋律依然快樂的跳著舞，撫慰著世世代代的人心。

「巴哈啊。」武橘說：「好久沒聽了，眞是動人哪。」

兩人徜徉在巴哈的旋律中。

蘇易從那之中，輕柔的溜進話語，深怕打壞音樂的平衡，以及與武橘和諧的關係，畢竟接下來的話有一點點殘忍，像是要將武橘從個人的偏執中拉出來似的，因此過程中會造成些微的疼痛。

「武橘，你聽我說，仔細地聽我說，你之所以會認爲標準值是不好的，那是因爲你留有太多過去痛苦的回憶，因此讓你產生了許多的陰霾，所以我剛剛才說，你的心染上了不好的東西，視眼所見的世界才會那麼憂愁啊！」

武橘睜大眼睛，聲音微弱地說：「我確實對標準值懷有負面的想法。」

「那就對了。不全是那麼壞的東西。」

頓時間，武橘的牙齒不癢了。

「武橘，你有想過那些不是標準值的人嗎？」

「正是如此，我才感到恐懼。有些人，天生沒有得到標準值的資格。」

「那就對了。懷著善良的心，去思考這件事。」

「嗯？」

「群體是一種恐怖的怪物綜合體，我也曾經爲了這種怪物受苦，在黑暗的洞穴中活了好久。」蘇易在此停頓一會，接續又說：「我爲了不再受苦，想要在陽光下更親近人群，也曾經費了好大一番功夫，但最後都沒有用啊，……」

「啊？妳也是嗎？」

「我想要的是一個正常的人生。可是我從很小的時候，就喪失資格了。」

「發生什麼事？」

蘇易閉上眼睛，身體還留存著部份的痛苦，記憶與巴哈的音樂像洪流般將她推向時間的洪流，捲進一片黑暗中，……

……那個時候，還小的時候，我曾經毫無道理的被排擠，獨自過著生活，沒有交流，也沒有愛，視眼所見只有黑暗與老鼠。

上學時，沒人願意和我同一組。

玩耍時，沒人願意陪我玩。

沒有道理、沒有原因，我就這樣被排擠了。

而且不管換過多少學校，我都無法擁有朋友。

這樣的日子一直到十八歲時，以爲終於可以擺脫令人窒息的團體生活，可是老天啊，卻讓我生了一場怪病。

恐怖啊。全世界只有我啊。

這場怪病讓我在社會中無法自立，無法工作，人們不敢親近我，甚至開始唾棄我，最後我只能過著領政府救濟金的生活。

當然，我不是沒有努力過，政府也不是沒有給過我機會，但通通被那些又怕事又愛散播流言的傢伙們抵制了。

抵制了，沒辦法，什麼也做不了。

正因爲我不是個正常人，不是標準中那些看起來良善、美麗的人，所以大家討厭我，害怕我，甚至恐嚇我。

爲什麼會這樣呢？我也曾經問過上帝，但祂沒有回答我。

後來有一天巴哈的音樂從天空掉進煙囪，撫平了我孤獨黑暗的生命。再後來我活了下來，遇見了生命的轉機，就此重生。

而你要問我爲什麼發生那些事，我只能告訴你，我不知道。

正確來說，我只是剛好被選中了，成爲眾人的箭矢。

那樣被傷害著。

「後來呢？」

蘇易嘆了一口氣。「現在不會了。魔法改變我的生命。我在標準值上面生活，不痛苦了，生活很平靜，我很喜歡。」

武橘眼中布滿血絲，思考了一會。「我明白了。現在發生的事情，並非壞事，只是我自己束縛自己，凡事要往好處想，對嗎？」

「當初是預言書找上你，你沒有任何錯誤，是世界的協調後來變成這個模樣，以她需要的模式去運作，雖然還不知道接下來會發生什麼事，但最好接受下來，努力適應著。」

「我懂了。」武橘的心鬆開了。

「不妨去度假吧。回來後，心會更開闊。」

武橘點頭，望著音響，彷彿能看見胖巴哈愉悅地坐在休止符上打哈欠。

該睡了，時間接近凌晨四點。

這個時間點可以聽見公雞鳴叫。

但公雞卻沒有尖銳地叫響，恐怕是踩到橡膠皮噗嘟嘟地滑倒了。

時鐘滴滴答答。

滴滴答答。

凌晨四點鐘一到，貓頭鷹從時鐘內跳出來，咕咕咕的叫著。

咕咕咕。

咕咕咕。

咕咕咕。

8. 胖女人的突然來訪

敲門聲傳來。我從一陣迷霧中驚醒，確認行事曆，上頭沒有來訪名單，也沒有既定的行程。突然的來訪讓我有點不開心。

一打開門，我看見胖女人站在門邊，擺著高姿態的模樣。旁邊的送羊奶大哥露出歉疚的表情，將一份禮盒推給我。完事後，他恭敬地向我們點頭招呼後，自己就轉身離開。

深夜，我讓胖女人進來，獨自走到廚房，一邊泡了冷羊奶，一邊動手打開起司蛋糕禮盒。胖女人緊繃地坐在木頭椅子上，不停發出急促的呼吸聲。我把農舍的兩張餐桌椅合併，讓她坐在上面。她的手重重地放在餐桌上。桌子像要垮了似地。

「抱歉，我有點不開心。」

「怎麼了？」她呼吸依然急促地說。

「先前我提過，所有的來訪都必須提前預約，妳的做法會讓我不舒服。」

「喔喔。」她似笑非笑。像在調侃的意味。「真有這樣的人。」

「世界上什麼樣的人都有。」我說：「我是HSP（高敏感族群）。突然的來訪、驚喜或任何外界的刺激都會讓我感到疲憊，而且我今天沒有要見您的準備。」

「見我的準備？」

「沒錯。」我說：「見面前，我需要調適自己的感官，像您這種體型壯碩的女人會讓我的思緒天花亂墜，聯想到許多肥胖的東西。」

「請問，你在歧、視、胖、子嗎？」

「不，刺激太多會影響思緒，而此刻我不想擾亂思緒。我才剛經歷一陣災難，心情正逐漸爬上來。」

「哎喲，別想太多，只是見個面。」胖女人呵呵笑了一聲。

我相當無奈。「待在農舍越久，這種感覺越來越明顯。」

「要放輕鬆。」胖女人說：「來談正事吧。」

我坐了下來。還不知道結果如何。

「上次的稿件如何？」

「還不賴，你是個很聰明的創作人，聽得懂我需要什麼。」

「各取所需罷了。」

「那麼你認爲讀者需要什麼？」

「抱歉，這方面我沒有研究。」

「那你自己呢？」胖女人說：「自己需要什麼知道嗎？」

「唔，這個問題恐怕太私人了。」

「概括來說，你的心血、你的創作，你的作品需要被推廣，」胖女人得意的說：「總之，行銷是必要，宣傳、海報、周邊商品等等都是招攬手法，你的作品需要錢來推廣，好故事才會廣爲流傳。有錢是老大。可以作主。可以買通市場。可以迷惑人心。可以扭轉世界。你覺得呢？」

我一邊聽著胖女人說，一邊吃著起司蛋糕。

她的說法太正經，事情沒那麼嚴重，我只是要逃離農舍，不要買通市場，不要迷惑人心，也不要扭轉世界。這些她通通不知道。不需要知道。

她到底想做什麼呢？

要我乖乖配合，讓書出版，得以實現我的計畫，逃、出、農、舍。是這樣子嗎？不，她有自己的夢想罷了。唔，不過呢，要我適應現實世界是件簡單的事。當然，過去曾有一段時間，對我來說是特別困難的，但我已經學會了，後來的學校教育我也適應得很好。現在也是一樣。兩者是同一件事。只要讓自己穿上他們喜歡的模樣就可以了。

「您說的一點也沒錯，書需要推廣，好故事才得以流傳。」我說：「您怎麼說就怎麼做，我完全配合您，這一點請不用擔心。」

手指在桌上輕輕敲打，心中衡量著事情，胖女人咳嗽了幾聲，準備說話。

「寫這麼違反大眾的故事，而故事的創作人竟然一點也不叛逆，眞是令人匪夷所思，有點失望。」

胖女人停了一會又說：「我眞的以爲我們會吵起來。」

「沒有力氣吵架。」

「說的也是。」

胖女人打量著羊蹄爾森。

「不過，從故事面來看，你似乎對小鎮不滿意？」

「啊。我嗎？你說我對小鎮不滿意？」

「為什麼唾棄小鎮？你的用詞、說法以及字裡行間傳達出來的意思正在唾棄小鎮。我不大懂現在的年輕人在想什麼，但一個荒涼的小鎮並非無用之地。」

「上次妳沒有提到這一點，現在要修的話，恐怕毫無心力。」

「不，不是那個意思，只是討論小鎮的事。」胖女人說：「你描述的那個小鎮，或許眞的存在。我一直有這種感覺。」

「承蒙妳的愛戴，我把它當成讚美收下來。」

「那跟我記憶中的小鎮十分相似。」

「記憶中？」我說：「難道您住過小鎮嗎？」

她點點頭，開始喝起冷羊奶，然後吐了一地。

「啊。」我說：「妳的體質不能喝嗎？」

她沒理會這個問題，臉變得十分嚴肅。

我再吃一塊起司蛋糕。

起司蛋糕相當美味，聽說是從蒙大拿山區的廚房運過來的。

未免太耗工，我想。眞希望能將蒙大拿的起司蛋糕寄給故事中的瘦子。

「您先吃看看起司蛋糕……這些蛋糕可是從……」我試著放鬆心情。

「請不要開玩笑。」胖女人說：「我不是來當喜劇演員！」

我放下叉子，兩手攤在桌上，開始打量著她。胖女人實在無聊透頂。有一天會被自己的無聊壓死。

我想她是那種會「一日三省吾身」的人。

「好了，談正題。不管是住在城市或小鎮的人們，你有眞正了解過他們嗎？他們的生活以及生活上的難，你明白嗎？年輕人，你不能一直用表象敷衍大眾。」

「華而不實。」她說了兩次。

「生活上的難？」我說：「我不懂。」

「你之所以困在這裡被迫寫故事，就是你生活上的難。那些一般大眾也有他們生活上的難。小鎮是一塊瑰寶，你得耐心耕種，他們會長出美麗的果實。」

我望著窗外那棵樹。我的媽呀。還不夠細心照料它嗎。

「沒有藉口。」

我點點頭。謝謝她的建議。我會好好耕耘土地。

「馮內果。」她說：「這是一個非常優秀的藝術家。」

哦哦哦。原來胖女人也有欣賞的人。

「寫小說的。但他之所以被我稱爲藝術家的原因在於，他用有限的生命，試圖在故事中理解浩瀚無垠的宇宙，並且在其中幽默了人生和時間。」

幽默了人生和時間，我記住這句話。

「創作者必須有足夠宏觀的視野和對生命強烈的好奇心。」她說：「市場上的小說會退流行。但馮內果的作品不會死去。是不朽的。」

我在紙張上寫下像是縫內褲般的名稱，自己笑了一下。

「不朽的作品嗎？」我開始升起一點傲心，直接地說：「那不是我的目標。」

空氣中有味道緩緩流動，胖女人的心漸漸變胖了。

「你有自己的目標，能說來聽聽嗎？」

「抱歉，」我說：「這牽涉到私人問題。」

「不能說嗎？起碼我是你的投資方。」

「唔，」我搔搔頭，裝腔作勢的說：「我會害羞。」

胖女人差點噗哧笑了出來。

「那麼還有其他問題嗎？」

「關於故事方面，」胖女人說：「費里尼到底在哪裡？故事中沒有解釋。人死後有另一個空間，但費里尼是畫作中的人，也就是不存在現實生活中的人，他會去哪裡？要怎麼寄信？在哪邊製作電影？這一點，你沒有交代清楚。」

「故事有故事的模樣。如果需要，故事會解釋。我現在不能回答妳。」

我必須堅持己見，就算會摔斷腿，跛著腳走路，也要堅定自己站腳的地方。

我拋一個堅定的眼神給她，胸中鼓滿勇氣地說：「妳要知道，這一切只是剛開始，別光像個老太婆般問東問西啊。故事的枝葉正迅速往外延伸，即將形成美麗的果實。」

突然間，她開始放聲大笑。

胖女人的笑聲充滿農舍。

外面的鵝啊羊啊也跟著叫了起來，一會呱呱呱的叫，一會咩咩咩的叫，我頭痛欲裂，幾乎無法再負荷更多的刺激。我可是HSP。

「哎呀，半夜農舍的羊叫聲，爲什麼變成牛叫聲呢？」胖女人問。

「老實說，我不知道。」

她終於開始吃起司蛋糕，用叉子沾沾蛋糕，眼珠不斷看我。

「下一個故事開端，有什麼想法嗎？」

「跟吸血鬼家族有關。」我說：「說不上來，模模糊糊，故事還沒定型。」

「框架還拉不出來是嗎？」

「不。沒有框架。不對，應該說有故事的方向，但是缺乏具體的框架。」

「挺有趣的，我竟然聽不懂。」

「框架會在故事中成形，基本上，自由度相對大。」

「我不大能理解，但就是這樣吧？」

「對了，我能問一個私人問題嗎？」我說：「但如果妳覺得失禮的話，請不用回答，我只是非常的好奇。」

「嗯？」

「請問，」我說：「妳有談過戀愛嗎？」

她沉默了一會。

「抱歉，如果不想回答也沒關係。」

我好怕過一會兒，鵝開始汪汪汪的叫著。

「這個，」胖女人說：「你算是坦誠了。有多少人在我背後閒言閒語，以為我不知道。胖子到底有沒有談過戀愛？看起來那麼嚴肅的人，眞的有可能談戀愛嗎？談、戀、愛？或說愛情這種事，眞的會發生在嚴肅的胖子身上嗎？這是誰對嚴肅的胖子都會有的疑問。」

我傻傻地笑著，對啊對啊，我只是問出了大眾的問題。

「這是我本人的問題，跟他們沒關係。請不要罵他們。要罵就罵我好了。」我說：「如果您真的太多怨氣，請將剩下的起司蛋糕帶回去。起司蛋糕非常的美味，是由蒙大拿山區送來的美食，……」

「不，」胖女人說：「這是我本人的失敗。是我給人家差勁的印象。」

她突然軟弱下來，開始頓失力氣。

我現在可以確定她是一個「一日三省吾身」的人。

她不能喝冷羊奶，所以我倒給她一杯熱紅茶，之後她一口吃掉一塊起司蛋糕。總共有十塊，她吃了五口。剩下三塊起司蛋糕。我不會再拿出來餵她。她讓我想到土耳其的豬。

「是。戀愛。有的。有過幾段感情，過程相當美妙，但後來都無疾而終，……」她說：「愛情就像是美麗的落葉，遲早會去它該去的地方，而我接受一切的安排。」

「妳在愛情上受過相當的傷害，卻沒有一點反抗，爲什麼？」

「是對生命的透徹理解。沒有哀傷。我是平靜的。」

多麼有智慧的女人啊。

但同時也是遭受命運捉弄的女人啊。

若故事中出現嚴肅的胖女人，或許更能增添故事的豐富性。

「這其中有什麼問題嗎？」

「我生活上的難。我有我生活上的難。」

我吃了一口起司蛋糕，咀嚼她的話。

到底是什麼意思，生活上的難？

畢竟我相當年輕，也走遍各種風景，沒有錢的問題，更別提生活上的難。

而且我待在一個能夠白吃白喝的農舍呢。

外面看得見美麗的山景，能吸到新鮮的空氣，曬得到溫暖的太陽。

而且重要的是，此地寧靜，少有人跡，只有固定的訪客。

就連故事也固定在同一個時間從窗口溜進來，我只要負責將那東西捕捉，轉譯成文字。一剛開始，雖然文字的功夫不大好，但會慢慢進步的。

因此胖女人說「生活上的難」，我實在無法理解。或許我誤解她的話也不一定。實在相當麻煩。人與人之間爲什麼有太多誤會呢？

我深吸一口氣，鼓起勇氣的說：「妳有妳生活上的難，但是也有生活上的美好。就是這樣。生活就是這樣。有快樂也有哀傷，過得下去就好。好了，現在妳得告訴我，後續該怎麼處理？」

她瞬間回神過來，以鏗鏘有力的聲音說話。「沒錯。生活如此。現在我們得有一些進展。總而言之，我會增加書的行銷費用，也開始在網路上布局，算是對你善意的投資。」

「好，謝謝。也只能說謝謝。」

她喝了一口熱紅茶。

「那我就拭目以待。」

拭目以待。

第四部「創造一個同心圓」完

國家圖書館出版品預行編目資料

羊蹄爾森的奇幻小鎮／唯然著. --初版. --臺中市：白象文化事業有限公司，2022.3
面； 公分. ——(說，故事；96)
ISBN 978-626-7105-18-4 (平裝)

863.57 110022747

說，故事（96）

羊蹄爾森的奇幻小鎮

作　　者　唯然
校　　對　唯然
發 行 人　張輝潭
出版發行　白象文化事業有限公司
412台中市大里區科技路1號8樓之2（台中軟體園區）
出版專線：（04）2496-5995　傳真：（04）2496-9901
401台中市東區和平街228巷44號（經銷部）
購書專線：（04）2220-8589　傳真：（04）2220-8505
專案主編　李婕
出版編印　林榮威、陳逸儒、黃麗穎、水邊、陳媁婷、李婕
設計創意　張禮南、何佳諠
經銷推廣　李莉吟、莊博亞、劉育姍、李如玉
經紀企劃　張輝潭、徐錦淳、廖書湘、黃姿虹
營運管理　林金郎、曾千熏
印　　刷　百通科技股份有限公司
初版一刷　2022 年 3 月
定　　價　340 元

缺頁或破損請寄回更換
本書內容不代表出版單位立場，版權歸作者所有，內容權責由作者自負

白象文化 印書小舖 PressStore 出版・經銷・宣傳・設計
www.ElephantWhite.com.tw
自費出版的領導者　購書 白象文化生活館